Margaret Fishback Powers

Des pas dans le sable

Margaret Fishback Powers

Des pas dans le sable

ebv EMPREINTE temps présent

Publié au Canada sous le titre
Footprints : the Story Behind the Poem that Inspired Millions

par HarperCollins Publishers
Toronto, Canada

Wallstrasse 6
4002 Bâle
Suisse

Co-édition :
Empreinte Temps Présent
48, rue de Lille
75007 Paris

Les citations bibliques sont tirées de
La Bible du Semeur

Traduction : Aline Neuhauser
Couverture : Ralph Simon, Giessen
Photo : Blue Planet-Pacific Stock
Hawaii/Kauai : Poipu Beach
Mise en page : Scriptura, France
Impression : Ebner Ulm, Allemagne

ISBN 3-7655-7676-X (ebv)
ISBN 2-906405-32-9 (Empreinte)

Des pas dans le sable

Une nuit, je fis un rêve :
Je marchais sur la plage avec mon Seigneur.
Sur le ciel noir des épisodes de ma vie furent projetés,
Comme sur un immense écran.
Et sur le sable je voyais à chaque fois deux traces de pas :
Les miens, et ceux de mon Seigneur.

Après la dernière scène de ma vie, je me retournai.
Je fus surpris de voir par endroits
Les traces d'une seule personne.
Je me rendis compte
Que je traversais alors les moments les plus difficiles
Et les plus tristes de ma vie.

Inquiète je demandai au Seigneur :
« Le jour où j'ai décidé de te suivre
Tu m'as dit que tu marcherais toujours avec moi.
Mais je découvre maintenant
Qu'aux pires moments de ma vie
Il n'y a les empreintes que d'une seule personne.
Pourquoi m'as-tu abandonnée
Lorsque j'avais le plus besoin de toi ? »

Il me répondit :
« Mon enfant chérie, je t'aime
et je ne t'abandonnerai jamais, jamais, jamais,
Surtout pas lorsque tu passes par l'épreuve.
Là où une seule personne a marqué le sable de ses pas,
C'était moi qui te portais. »

Table des matières

Des pas dans le sable a été composé par Margaret Fishback, une jeune femme qui cherchait à être guidée par le Seigneur aux carrefours de sa vie. La création du poème, l'épreuve et la découverte stupéfiante qu'il évoque vont de pair avec une vie pleine de défis, d'adversité et de joie. Le résultat est une inoubliable offrande du cœur et de l'âme, qui insuffle un grand renouveau spirituel et affectif.

Des pas dans le sable a été reproduit sur des cadres, des cartes, des calendriers et des posters. Ce poème a été une bénédiction à des millions de personnes dans le monde entier.

Chapitre un

Série noire

... mais ceux qui comptent sur l'Éternel
renouvellent leur force :
Ils prennent leur envol comme de jeunes aigles ;
sans se lasser, ils courent,
ils marchent en avant, et ne s'épuisent pas.

Ésaïe 40.31

« Comme c'est bon d'être chez soi ! » dis-je en soupirant d'aise. Je regardai mon mari, Paul, allongé sur le canapé. Le pépiement des oiseaux devant notre fenêtre nous avait réveillés très tôt ce matin-là.

« Profites-en bien, ma chérie, répondit-il. Nous repartons demain.

– Où allons-nous, cette fois-ci ? demandai-je d'une voix lasse.

– À Vancouver... »

Nous revenions juste d'une série de camps dans l'État de Washington. C'était toujours l'été que nous travaillions le plus. Notre ministère auprès des enfants, auxquels nous annoncions l'Évangile et que nous encouragions à grandir dans la foi, nous obligeait à courir sans cesse d'un camp à un autre, d'une réunion d'église à la suivante. Non que ce ne soit excitant et épanouissant. Au contraire, c'était l'un des grands rêves de notre vie qui s'était réalisé. Mais vers le milieu de l'été, nous étions toujours heureux de venir souffler un peu dans notre maison de Coquitlam, en Colombie Britannique.

Nous étions en août. En regardant notre agenda, j'observai la date – le lundi 7 août 1989, jour férié au

Canada. Je me dis qu'au moins, nous aurions pu dormir plus longtemps ce matin. J'étais loin de me douter que cette date resterait gravée pour toujours dans notre mémoire, car ce jour-là, trois événements nous marqueraient pour la vie.

Lorsque le téléphone sonna ce lundi matin-là je lançai à mon mari : « Ne bouge pas, j'y vais.

– Bonjour, maman ! Comment ça va ?

– C'est Paula, articulai-je silencieusement à Paul. Tout va bien, assurai-je à notre fille, mais nous étions justement en train de remarquer que cela faisait du bien d'être chez soi.

– Euh... Dans ce cas, je ne devrais peut-être pas vous demander... » Elle s'arrêta. Mais elle nous connaissait bien et savait que nous raffolions des enfants ; aussi reprit-elle très vite : « Que diriez-vous de conduire des enfants en voiture à Golden Ears et de pique-niquer aux chutes de Lower ? » Golden Ears était un vaste parc public situé à une quinzaine de kilomètres de là. « Il me faut une voiture de plus. Quelqu'un s'est décommandé. » Elle marqua de nouveau une petite pause. « Si vous dites oui, plus vite vous viendrez nous rejoindre à l'église, mieux ce sera. Tout le monde attend. Les enfants ont hâte de se mettre en route. »

Je jetai un coup d'œil à Paul. « C'est entendu, on arrive ! » promis-je. Je connaissais d'avance sa réaction. Il ferait n'importe quoi pour les gosses, car il avait eu une enfance malheureuse.

« Venez comme vous êtes, dit-elle d'un ton soulagé. Merci, maman. Je savais que je pouvais compter sur vous deux. Mettez-vous en short et emportez vos maillots de bain. »

Je me hâtai d'enfiler mon maillot, passai un short pardessus et allai chercher le chemisier que j'avais porté la veille. « Je vais laisser tous ces objets ici, dis-je, en me souvenant de tout ce que j'avais dans les poches.

– Non, ne perds pas de temps à vider tes poches », objecta Paul. Quelques instants plus tard, nous sortions en trombe. Alors que nous roulions vers l'église où Paula et les enfants nous attendaient, je palpai les poches de ma veste :

elles contenaient le flacon de pilules pour le cœur de Paul et une petite bouteille d'un antalgique puissant. Je me dis : *Pourquoi est-ce que je m'encombre toujours de tout ce bazar ?*

Nous fîmes un bref arrêt au Mc Donalds en sortant de la ville. L'arrière de la voiture était bourré d'enfants. « Parc de Golden Ears, nous voici ! » cria l'un des enfants, ce qui nous fit tous rire. Nous allions sûrement bien nous amuser. Nous étions ravis d'être avec Paula et ses petits protégés. Nous disions souvent en plaisantant à nos amis que nos filles, Tina et Paula, et les enfants dont elles s'occupaient nous maintenaient en forme. On n'a pas le temps de penser au poids des années lorsqu'on est avec des jeunes.

« Quelle journée magnifique ! » m'exclamai-je. Tout le monde se félicita d'avoir choisi cette date-là. À deux reprises, la sortie avait été annulée à cause du mauvais temps. En Colombie Britannique nous parlons de rayons de soleil liquides.

Dès notre arrivée, nous nous joignîmes aux enfants qui sortaient des voitures. Paula donna quelques conseils de prudence au groupe – les pierres seraient glissantes et nous aurions à traverser le haut des chutes de Lower sur une saillie rocheuse – puis nous nous mîmes en route. Juste avant de partir, Paula expliqua : « Encore une dernière chose : d'un côté, il y a un trou d'eau d'une profondeur de treize mètres creusé par les glaciers. Pas de bêtises, c'est compris ? »

Nous étions fiers de notre fille. Elle était merveilleuse. Elle aimait beaucoup les enfants. Sa sœur et elle participaient depuis longtemps à notre travail parmi eux. Elles avaient de grands talents de ventriloques, et c'était toujours une joie d'être en leur compagnie. Et ce jour-là, je regardais Paula conduire les enfants, ses longs cheveux blond vénitien flottant sur ses épaules, tandis que nous nous approchions du passage rocheux traversant les chutes.

Nous avançâmes tous prudemment sur les pierres glissantes, et nous nous assîmes sur les rochers pour nous reposer et contempler le paysage, d'une beauté époustouflante.

Nous observâmes avec anxiété quelques jeunes gens (qui ne faisaient pas partie de notre groupe) plonger dans le trou d'eau du glacier depuis un haut promontoire rocheux. « Cette eau est glaciale, fis-je observer à Paula. Comment peuvent-ils faire ça ?

– Je n'en sais rien, me répondit-elle en secouant la tête. Je n'aimerais pas être à leur place ! »

Paul décida de se rendre de l'autre côté de la mare glaciaire, près d'une autre étendue d'eau plus petite, d'aspect engageant. Il me déclara : « Je vais aller lire là-bas. » Je savais qu'il voulait se préparer pour les réunions de Vancouver. Il se dirigea prudemment vers un endroit où il pourrait jouir du beau paysage tout en se mettant à l'écart.

Nous vîmes des quantités de nageurs et d'amateurs de bains de soleil se détendre sur les rochers et dans l'eau. En baissant les yeux, nous en aperçûmes d'autres qui s'amusaient au pied des chutes d'eau et dans la rivière. Je ne pouvais m'empêcher de penser qu'il aurait dû y avoir des barricades ou des clôtures, ainsi que des panneaux prévenant les promeneurs que certains endroits étaient dangereux et glissants.

« C'est si beau ici, remarqua l'une des filles.

– Absolument céleste », acquiesçai-je en songeant que j'avais l'impression d'être si près du ciel que je pouvais presque tendre la main et toucher Dieu. Les pins et les épicéas se dressaient au-dessus de nous, et le soleil filtrait à travers leurs branches. L'eau glaciaire était vert émeraude.

Après m'être prélassée au soleil pendant quelque temps, je regardai ma montre et hélai mon mari : « Paul, il est deux heures et quart ! » Paul leva les yeux et me fit signe qu'il avait entendu.

Juste à ce moment-là, Paula déclara : « Je vais rejoindre papa ». Elle s'engagea sur le passage rocheux. Au même instant, non loin de là, un chien aboya, ce qui m'alarma.

C'était la mère en moi qui lança : « Sois prudente, je t'en prie ! » en pensant aux chutes d'eau hautes de vingt-trois mètres d'un côté et à la mare glaciaire profonde de treize mètres de l'autre. Je la regardai avancer lentement. Paul ne la quittait pas des yeux non plus. Lorsqu'elle s'approcha, il se leva et tendit la main pour prendre la sienne. À ce moment précis, elle plaça mal son pied et tomba dans un tourbillon. Il l'aspira, lui fit faire trois tours et avant qu'aucun de nous n'ait eu le temps de comprendre ce qui se passait, elle fut emportée par le courant et tomba du haut de la chute d'eau.

Tout le monde se mit à crier. Je sautai sur mes pieds en hurlant. Je ne pouvais pas aider Paula. Que devais-je faire ? Je regardai mon mari et le vis crisper ses mains sur sa poitrine et s'effondrer. Je compris qu'il faisait une crise cardiaque – je le vis changer de couleur. Tout cela se déroula comme au ralenti, mais la confusion était telle que je craignais que d'autres jeunes gens ne mettent leur vie en péril sous l'effet de la panique. Je me retournai momentanément pour calmer les enfants devenus hystériques. « Nous devons prier, hurlai-je de toutes mes forces. Ô Dieu, aide-nous ! »

Je palpai le collier que j'avais autour du cou. Paul me l'avait offert l'année précédente, à l'occasion de notre vingt-troisième anniversaire de mariage. Je regardai l'aigle surplombant la pierre en onyx noir, et j'envoyai un télégramme-express vers le ciel : « Seigneur, si tu veux rappeler à toi Paula, fais en sorte qu'elle ne souffre pas trop, et je t'en supplie, mon Dieu, épargne mon mari. »

Je me disais que ma fille devait être morte. Comment survivre à une chute de vingt-trois mètres dans l'eau glaciale ? Je savais que je devais rejoindre mon époux, mais j'avais aussi conscience que mes jambes flageolantes étaient incapables de franchir la saillie rocheuse glissante. Juste au moment où je m'apprêtais à entrer dans l'eau pour traverser la mare à la nage, une voix venant de l'endroit où était mon mari me cria : « Je vais lancer cette corde jusqu'à vous. Mon fils est à côté de vous ; il la rattrapera. Accrochez-vous à la corde pour traverser à la nage. »

J'ignorais que la femme de mon interlocuteur était infirmière, et qu'elle soignait Paul pendant ce temps. Plus tôt ce jour-là, en sortant de chez lui, l'homme avait pris la corde qui servait habituellement de laisse pour leur chien, et son fils lui avait demandé : « Que vas-tu en faire ?

– Je n'en sais rien », avait-il répliqué en la fourrant dans sa poche. Et maintenant, je m'agrippais à la corde d'une main et nageais de l'autre. L'eau était glaciale, mais j'avançais sans y prendre garde.

Pendant ce temps, sur les rochers au pied de la chute, quelques garçons virent flotter un corps et, pensant qu'il s'agissait d'un cadavre, ils le tirèrent sur la berge. Une femme qui se bronzait au soleil observa la scène, se précipita vers eux et entreprit immédiatement de réanimer le corps. Par la suite, j'appris que cette femme était une infirmière spécialisée dans les accidents de noyade.

Je me hissai péniblement sur les rochers, aidée par l'homme qui m'avait lancé la corde. Je voulais à tout prix rejoindre mon mari, mais j'étais si tendue que je glissai plusieurs fois sur les rochers visqueux et me fracturai le bras droit. Il me refusa tout service, et dès que je sortis de l'eau, il me fit horriblement souffrir. Puis je vis une femme penchée sur Paul. L'homme me dit : « Elle est infirmière. Spécialisée dans les arrêts cardiaques.

– Merci Seigneur », murmurai-je. Je tremblais comme une feuille. Tout à coup, je me souvins que ma poche gauche contenait un médicament pour le cœur. Je le dis à l'infirmière. Quelqu'un remarqua que je grelottais et eut le réflexe de m'entourer d'un drap de bain.

Après quelques instants, l'infirmière se retourna et me dit calmement : « Il paraît que c'est votre fille qui est tombée dans la chute d'eau. Ma belle-sœur est en bas. C'est une infirmière spécialisée dans les soins aux noyés. »

Je m'affaissai sur les rochers, submergée par l'émotion, soulagée de penser que Paula était peut-être tirée d'affaire.

J'étais sur le point de m'évanouir quand j'entendis l'infirmière ajouter : « Dommage que nous n'ayons rien contre la douleur ! » Je tentai d'atteindre ma poche droite, mais je ne parvins qu'à lui faire un signe.

« C'est une véritable pharmacie ambulante », dit-elle en découvrant l'antalgique.

La présence de ces deux infirmières était surprenante. Elles ont expliqué que des hôpitaux de la région étaient en grève et qu'elles avaient donc organisé une sortie. L'un des nageurs que nous avions vu plonger était coureur de fond. Il fonça aussitôt jusqu'au téléphone le plus proche afin de faire venir des ambulances. Les enfants se débrouillèrent pour revenir vers nos voitures ; ils attendaient, priaient et se demandaient anxieusement comment tout cela allait se terminer.

Une équipe de premier secours arriva ; elle était déjà en train de nous évacuer lorsque les ambulances la rejoignirent. On sortit des brancards. Quatre heures après les accidents, nous étions aux urgences de l'hôpital Maple Ridge. À trois heures du matin, j'appris ce que les radios avaient révélé : Paula avait une vertèbre cervicale brisée, un bras démis, un rein et le foie perforés. Elle était grièvement blessée, mais vivante.

Non loin de là, au service des soins intensifs, mon mari était perfusé et relié à un moniteur cardiaque. Le lendemain matin, une infirmière entra et lui demanda : « Monsieur Powers, voulez-vous que je prie pour vous, votre fille et votre femme ? » Il hocha la tête, et elle s'exécuta. Lorsqu'elle eut terminé, elle déclara : « Je pense que si je vous lisais un petit poème que j'ai dans la poche, cela vous ferait du bien. » Et elle sortit une carte. Elle prit la main de mon mari et lut doucement :

Une nuit, je fis un rêve :
Je marchais sur la plage avec mon Seigneur.
Sur le ciel noir des épisodes de ma vie furent projetés,
Comme sur un immense écran.
Et sur le sable je voyais à chaque fois deux traces de pas :
Les miens, et ceux de mon Seigneur.

Après la dernière scène de ma vie, je me retournai.
Je fus surpris de voir par endroits
Les traces d'une seule personne.
Je me rendis compte

Que je traversais alors les moments les plus difficiles
Et les plus tristes de ma vie.

Inquiète je demandai au Seigneur :
« Le jour où j'ai décidé de te suivre
Tu m'as dit que tu marcherais toujours avec moi.
Mais je découvre maintenant
Qu'aux pires moments de ma vie
Il n'y a les empreintes que d'une seule personne.
Pourquoi m'as-tu abandonnée
Lorsque j'avais le plus besoin de toi ? »

Il me répondit :
« Mon enfant chérie, je t'aime et je ne t'abandonnerai jamais, jamais, jamais,
Surtout pas lorsque tu passes par l'épreuve.
Là où une seule personne a marqué le sable de ses pas,
C'était moi qui te portais. »

Lorsque l'infirmière eut terminé sa lecture, elle regarda mon mari et déclara : « J'ignore qui en est l'auteur, c'est un poème anonyme. »

Paul leva faiblement la main et balbutia : « Moi, je le sais. » L'infirmière crut qu'il n'était pas tout à fait conscient à cause des médicaments qu'on lui avait donnés, mais Paul poursuivit : « Je connais très bien l'auteur… C'est ma femme. »

Chapitre deux

Ma rencontre avec Paul

« Sur le ciel noir des épisodes de ma vie furent projetés... »

Avec mon mari et ma fille à l'hôpital, tous deux aux soins intensifs, et mon bras dans le plâtre, l'avenir semblait bien sombre. Et pourtant, Paul et Paula étaient vivants, ô miracle ! Je savais par expérience que pendant cette période d'épreuve, nous serions portés. Dieu l'avait déjà fait dans le passé, et il agirait encore ainsi.

Paul me raconta que l'infirmière lui avait lu le poème *Des pas dans le sable*. Nous étions tous deux bouleversés à l'idée que des phrases que j'avais écrites en 1964 apportaient un tel réconfort à nos cœurs plus de vingt ans après. Je revécus intérieurement les précieux souvenirs qui avaient jalonné nos vies.

Je me souvins de mes deux premières rencontres avec Paul Powers. La deuxième fois, il portait un jean sale – en fait, il était couvert de toiles d'araignées. Il ne représentait pas vraiment le prince charmant impeccable, digne et irrésistible avec lequel toutes les filles rêvent de s'envoler à cheval vers l'avenir ! Je logeais chez mon frère cadet Jim à Toronto, et il m'avait demandé de l'accompagner dans une librairie. C'est là que nous tombâmes nez à nez avec Paul, qui y travaillait. « Salut ! Content de te voir », s'exclamèrent en cœur Paul et Jim en s'assenant de grandes claques sur les épaules.

« Je te présente mes sœurs, Margaret et Ruby, ajouta Jim avec désinvolture. Je crois que tu as déjà dû les voir à la ferme, il y a trois ou quatre ans. Les filles, voici Paul Powers. Nous étions copains au lycée. »

Je n'arrivais pas à voir si Paul se souvenait de notre première rencontre, mais moi, je ne l'avais pas oubliée. Je m'en rappelais même très bien, parce qu'il n'était passé chez nous qu'en coup de vent, et que j'avais déclaré à ma mère : « C'est un garçon que je n'épouserais pour rien au monde, même s'il était le dernier homme de la terre ! »

Je n'aurais jamais voulu l'admettre à l'époque, mais j'étais sans doute vexée qu'il ne m'ait pas accordé la moindre attention. Ma mère prit sa défense. « Il est venu apporter un film pour notre Club Biblique du lycée ; il n'a pas eu le temps de s'attarder. Il a juste voulu dire bonjour à Jim en passant. Il doit se rendre à un rallye *Jeunesse pour Christ* à Simcoe. » Je me souvenais que Jim m'avait dit que Paul faisait ses études au London Bible College non loin de Toronto.

Les années avaient passé, et voilà que nous étions de nouveau face à face. Je le toisai du regard. Il avait environ vingt-cinq ans, quatre de plus que moi. Derrière ses lunettes à monture foncée, je ne pus m'empêcher de remarquer ses yeux bleu-gris pétillants. Malgré son apparence négligée, il avait bonne allure avec ses cheveux noirs et son visage bronzé.

Il s'excusa de porter des habits aussi sales. « Je fais du rangement », expliqua-t-il en essuyant son visage ruisselant de transpiration.

C'était un après-midi torride d'août et je pris soudainement conscience de ma propre apparence. Je me demandais de quoi j'avais l'air. Son regard était si pénétrant ! Il tenait un livre à la main ; il me le tendit en me demandant : « Tu es mariée ? »

Je regardai le titre. C'était *Comment réussir son mariage*. Sa question me prit au dépourvu, comme il s'y attendait. Il y avait comme un sourire sur son visage. L'incident me fâcha, et je rétorquai du tac au tac : « Non, et je n'en ai pas l'intention ! » Ma voix était glaciale. Aujourd'hui, il prétend que j'ai « sorti mes griffes » pour le remettre à sa place. Toutefois, je me radoucis un peu par la suite, et je lui demandai : « Et toi, tu es marié ? »

Il sourit et répliqua : « Non, mais j'y pense bien ! »

Ce que Paul ne savait pas, c'est que je n'étais pas encore remise d'une rupture sentimentale, et qu'à ce moment-là, je ne tenais pas les hommes en grande estime.

« À mon avis, une boisson fraîche nous ferait du bien à tous, dit Paul. Descendons au restaurant. » J'hésitais, mais Ruby et Jim, eux, étaient ravis. « Ils servent une spécialité absolument fantastique – miel, pulpe d'orange, lait et jus de melon », expliqua Paul. La boisson était rafraîchissante, de même que la conversation. Paul était un vrai boute-en-train et il nous fit tous rire aux larmes.

« Qu'est-ce qui t'amène à Toronto ? me demanda-t-il.

– Je fais des cours d'été en rapport avec mon travail d'enseignant », répliquai-je. J'enseignais depuis trois ans, alors que Ruby, elle, était encore au lycée. « Et j'aide Jim dans son travail. » Je ne précisai pas de quelle activité il s'agissait.

« À propos, Paul, déclara Jim, samedi, nous nous rendons à la foire. » Chaque année, nous attendions impatiemment la Foire Nationale Canadienne, avec ses expositions, ses concours et son atmosphère excitante. « Tu y es déjà allé ?

– Non, répondit-il, mais j'aimerais bien venir. Je peux m'arranger pour être libre ce jour-là. Margaret, que dirais-tu de m'accompagner ? Si tu veux, je viendrai te chercher. »

Un rendez-vous ? Je tentai de trouver une vague excuse. Mais ce garçon avait un côté attirant, et il semblait sérieux. *Tu as besoin de t'amuser un peu*, raisonnai-je. Mais ce serait tout. Juste une sortie pour me détendre. « Tu ne regretteras jamais d'avoir dit oui », promit Paul, avec une telle flamme dans les yeux que j'en fus presque convaincue.

C'est ainsi que je passai le samedi suivant avec ce garçon à la conversation si rafraîchissante. Quand enfin Paul eut retrouvé l'entreprise de pompes funèbres où travaillait et habitait mon frère, nous nous mîmes en route. « Tu ne m'avais pas dit que tu vivais dans un dépôt mortuaire, plaisanta Paul. J'ai tourné en rond pendant un bon moment. » Par la suite nous avons encore bien ri de sa phrase. Mais en l'attendant, je m'étais demandé s'il n'avait pas changé d'avis.

Il avait beaucoup plu, et les trombes d'eau avaient transformé le parking du lieu de la fête en un gigantesque bourbier. Paul sortit de la voiture, barbota jusqu'à ma portière et me vit hésiter, le pied suspendu au-dessus d'une flaque boueuse. Aussitôt, il se pencha vers l'intérieur de la voiture et me dit : « Attends, laisse-moi te porter. » Il me souleva dans ses bras musclés et me déposa en lieu sûr, au-delà de la flaque.

Nous commençâmes à marcher. À un moment donné, je glissai et je faillis tomber. Paul me prit le bras. « Tu es si petite ! déclara-t-il. Il vaudrait mieux que je te porte, sinon tu vas te noyer dans une de ces flaques ! » Nous éclatâmes de rire, mais je ne trouvai plus cela si amusant lorsque nous atteignîmes les tourniquets et que le gardien voulut lui faire payer un ticket pour adulte et un pour enfant. Ce fut encore pire lorsque Paul rectifia l'erreur de l'homme, car ce dernier déclara d'un air stupéfait : « Oh ! Je croyais que c'était votre fille ! » On m'avait déjà souvent tenue pour une enfant, car je mesure moins d'un mètre cinquante. Aussi pris-je la chose du bon côté, mais je compris subitement que je ne voulais pas être considérée comme la fille de Paul Powers.

Les tentes d'exposition à grosses rayures étaient gonflées par le vent ; la grande roue et les nombreux autres manèges remplis de fêtards qui échangeaient des plaisanteries créaient une atmosphère de fête foraine. La musique tonitruante rendait toute conversation impossible.

Nous n'aimions pas tellement les manèges, mais nous fîmes quelques tours. Nous préférâmes de loin les différents stands d'exposition qui nous offrirent l'occasion de parler et de nous entendre. Nous ne tardâmes pas à discuter de tous les sujets imaginables – de ce que nous aimions, comme la musique ou les bons livres, et d'autres intérêts communs.

Ensuite, nous trouvâmes un lieu plus tranquille. Nous nous reposâmes et il m'interrogea sur mon travail missionnaire à Maniwaki, au Québec, et sur les classes d'enfants de six à neuf ans de langue indienne, française et anglaise auxquelles je donnais des cours. « Comme j'ai été malade, j'ai été obligée d'arrêter, expliquai-je, mais ça m'a brisé le cœur.

Heureusement, à la rentrée, je vais aller enseigner près de Tillsonburg. »

Paul me manifesta son intérêt avec beaucoup de tact. « Puis-je savoir ce qui t'est arrivé ?

– Il y a eu un terrible orage, répondis-je lentement. Des éclairs sautaient d'un pic montagneux à un autre. Cela a affolé certains de mes élèves, mais la plupart étaient habitués à ce genre de tempêtes. Je leur avais toujours recommandé de bien fermer les fenêtres lors des orages, mais un des enfants ouvrit la fenêtre 'juste un tout petit peu' pour respirer une bouffée d'air frais. Le pauvre petit souffre d'une infirmité moto-cérébrale. »

Je regardai le visage de Paul. Il était si attentif que je poursuivis. « Pendant que je copiais une leçon au tableau, un éclair est entré par la fenêtre ouverte et j'ai vu des étincelles au bout de mes doigts. J'ai été projetée par terre, et lorsque j'ai repris mes esprits, j'étais couchée contre le mur latéral de la classe. Je me suis relevée à grand-peine, me suis frottée pour enlever la poussière dont j'étais couverte, me suis excusée de mon mieux auprès des enfants et ai continué ma leçon.

« Mais le choc électrique m'avait étourdie et rendue très malade. Au cours de la journée, le tableau et la feuille de présence se mirent à osciller devant mes yeux larmoyants. Cet après-midi-là, je renvoyai les élèves de bonne heure et m'affalai sur mon bureau, la tête dans les mains. J'avais atrocement mal. Les jours suivants, mon état ne cessa d'empirer, et mon dos et mon bras me firent tant souffrir que je tremblais presque en permanence.

« Et pourtant, je continuai à travailler pendant toute la semaine. Mais le vendredi, quand Betty, ma meilleure amie vint me rendre visite, mon état était tellement alarmant qu'elle me conduisit à l'hôpital dès qu'elle me vit. J'y restai longtemps. J'étais beaucoup plus gravement atteinte que je ne l'avais d'abord cru, et il me fallut des semaines avant de pouvoir rentrer chez moi. Les administrateurs de l'école ne pouvaient pas renouveler mon contrat d'enseignante, car il n'y avait aucune garantie que je me rétablirais totalement. Voilà pourquoi je suis rentrée à la maison. »

Paul resta très calme pendant ma longue explication, mais il me pressa la main avec tendresse et fermeté, ce qui me donna du courage. Ses yeux cherchaient les miens. Je me sentais merveilleusement bien en sa présence. « Dieu a été ma force, Paul, lui confiai-je. Si je m'en suis sortie, c'est grâce à lui. »

Lorsque nous commençâmes à parler du Seigneur, nous comprîmes que nous étions sur la même longueur d'ondes. Plus nous évoquions notre vie, plus nous nous sentions bien l'un avec l'autre. Nous réalisâmes que nous avions tous deux le désir de communiquer aux autres la Parole de Dieu et de les aider à grandir dans la foi. Ce qui nous rapprocha le plus, c'était le désir d'être guidés par le Seigneur.

Paul dirait maintenant qu'à la fin de la journée il était amoureux fou de moi, et que j'avais « amorcé l'hameçon » dans les règles de l'art.

Ce samedi-là, nous nous amusâmes beaucoup à la foire. Paul dit que mes « yeux de chat » étincelaient, qu'il constatait que j'aimais la vie et savais m'amuser, mais que j'avais subi d'autres chocs et mauvaises expériences que je ne lui avais pas racontées et dont j'avais besoin de guérir. Il prit la résolution de m'aider à oublier. Je ne savais pas encore qu'il avait traversé de terribles épreuves qu'il tentait d'oublier, avec l'aide de Dieu – on avait en fait abusé de lui dans son enfance. Nous avions besoin de nous confier plus profondément et c'est ce que nous avons fait par la suite. Je ne pouvais expliquer pourquoi je me sentais attirée par lui.

Mon frère, ma sœur et moi, nous avions accepté une invitation à dîner ce soir-là, et nous proposâmes à Paul de se joindre à nous. C'était le point culminant d'une journée parfaite. Une saine détente, et le début d'une union qui connaîtrait beaucoup de coups durs. Mais nous serions là l'un pour l'autre. Et le plus important était de savoir que le Seigneur marchait avec nous !

Ce mémorable samedi soir, Jim proposa à Paul de le ramener chez lui. Nous nous assîmes sur le siège arrière et continuâmes à discuter. Lorsque Jim arrêta la voiture, Paul me dit « Bonne nuit » et m'embrassa.

Cela me surprit, mais c'était loin de me déplaire. « J'ai passé une journée formidable, lui déclarai-je.

– Moi aussi, répondit-il. Tu veux bien que je t'écrive ? »

Lorsque la voiture quitta le trottoir je dis à mon frère : « Il a passé une bonne journée, mais il ne m'écrira pas. » Comme je me trompais !

Chapitre trois

Temps troublés

« Mon enfant chérie,
Je t'aime et je ne t'abandonnerai jamais. »

Parfois, la nature se déchaîne au hasard des endroits et avec une violence inouïe. À n'importe quel moment de la journée il y a plus de mille tempêtes sur notre terre, qui font souvent apparaître des éclairs. Or, ces derniers sont parfois mortels.

Les scientifiques ont constaté que la foudre peut être produite par une tension de plus de quinze millions de volts. Entre un nuage et la terre, un éclair mesure jusqu'à douze kilomètres de long et franchit trente millions de mètres par seconde. Quant aux éclairs qui jaillissent entre deux nuages de charges opposées, ils atteignent parfois une longueur de trente kilomètres.

Bien que maîtresse d'école, je ne savais rien de tout cela. J'ignorais également que les éclairs tuent plus de gens (en moyenne) chaque année que les ouragans et les tornades réunis. Je ne savais pas qu'il y en a deux milliards par an qui éclatent dans l'atmosphère. Chaque jour, rien qu'aux États-Unis, la foudre tue une personne et en blesse quatre autres. Et pourtant, le risque d'être atteint par un éclair n'est que d'environ un sur un million. Mais si l'on est frappé par la foudre, les chances de survie sont minces. Un journaliste a déclaré que la survie à un tel choc était un coup de dés.

Je survécus, mais pas l'un de mes élèves. Le jour où je fus frappée par la foudre en classe, une grande tristesse a envahi ma jeune vie.

Il s'appelait Alfred. Ce n'était qu'un petit garçon, mais il marqua profondément ma vie. Alfred me mit en contact avec la mort d'une manière que je n'avais jamais connue avant.

Il avait à peine ouvert la bouche au cours de l'année, et nous étions en mai ; l'année scolaire était presque terminée. J'avais fait confectionner aux enfants de beaux paniers hexagonaux et la plupart d'entre eux les avaient déjà ramenés chez eux. Lorsque je demandai à Alfred pourquoi il le laissait là, il murmura qu'il attendait le bon moment pour remplir son panier.

Cet après-midi-là, alors que je souffrais des effets de la décharge électrique, Alfred vint vers moi, un sourire angélique sur les lèvres. « Regardez, maîtresse », dit-il en brandissant le plus gros bouquet de pissenlits jaunes que je n'aie jamais vu.

Ils étaient si beaux et si éclatants que je répugnais à en couper les queues pour qu'ils tiennent dans le panier, mais c'était ce qu'il me demanda de faire. Il les disposa soigneusement dans son joli petit panier, puis il se dirigea en courant vers le bus en stationnement. Je le vis agiter gaiement la main en montant dedans.

À ce moment-là, je me laissai tomber dans l'un des pupitres des élèves et je remerciai le Seigneur : ce petit garçon avait fait quelques progrès. Il savait vraiment parler, après tout !

Peu de temps après, je rentrai dans ma pension de famille. Je me reposai pendant quelques heures, mais à la suite du choc que j'avais subi peu de temps avant, mon bras droit me fit de plus en plus souffrir. L'orage avait redoublé d'intensité. J'étais soulagée d'être à l'abri, dans un lieu douillet, sûr et chaud.

Assis dans mon lit, appuyée contre le mur, je tentai de me plonger dans l'étude du français, mais j'eus beaucoup de mal à me concentrer. C'est alors que le téléphone sonna. Je n'en crus pas mes oreilles. Mon cerveau refusait de comprendre. « Non, non, ce n'est pas possible », balbutiai-je, luttant contre la nausée qui m'envahissait. Mais c'était vrai.

Mon interlocuteur m'informait que le petit Alfred était en train de faire entrer ses petites sœurs dans la maison lorsqu'il fut frappé par la foudre. Bien qu'à peine conscient, il avait insisté pour que ses parents lui permettent d'emporter son petit panier avec lui à l'hôpital. Il est mort peu de temps après son arrivée.

Les jours suivants furent extrêmement éprouvants pour moi. J'eus les plus grandes difficultés à accomplir mon devoir d'enseignante – assister au service d'inhumation de ce cher enfant et y jouer de l'orgue. J'eus souvent des crises de larmes. « Pourquoi Alfred ? Pourquoi lui ? Pourquoi pas moi ? » Que de questions... Je repassai dans mon esprit les derniers instants que j'avais vécus avec mon élève. C'était un petit garçon si charmant et si gentil.

Je me mis à penser à la mort, sujet bien grave pour une jeune femme. Je tournai les pages de ma Bible pour trouver de l'aide. Cela n'allait pas tarder à devenir mon habitude – chercher dans la Parole de Dieu une direction et des réponses à mes questions. Je ne fus pas déçue. Dans Jérémie 10.23, je lus ce que Dieu avait dit à un prophète de l'Ancien Testament : nos vies ne nous appartiennent pas. Ce n'est pas à nous de diriger nos pas.

Cela me fit réfléchir. Nous pensons que le ciel est peuplé de personnes âgées, et non de jeunes gens ou d'enfants qui ne sont, d'après nous, qu'à l'aube de leur vie. Mais Jésus, quand il était sur la terre, aimait les enfants. Il les rassemblait autour de lui et recommandait à ses auditeurs de leur ressembler. De toute évidence, il voudrait qu'il y en ait aussi au ciel. Je me souvins de la confiance, du calme et de la gentillesse d'Alfred.

Je trouvai d'autres versets de la Bible m'assurant que la mort n'est pas la fin de tout. La vie éternelle est promise à ceux qui aiment Dieu et sont devenus ses enfants en croyant à son fils Jésus et en l'acceptant dans leur vie. Le ciel est prêt pour ceux qui sont prêts.

Je me souvins des paroles de Jésus à ses disciples au sujet du ciel : « Que votre cœur ne se trouble pas. Ayez foi en Dieu : ayez aussi foi en moi. Dans la maison de mon Père, il y a beaucoup de demeures ; si ce n'était pas vrai, je vous l'aurais dit : en effet, je vais vous préparer une place. » (Jean 14.1,2).

Lorsque je fis part à mes élèves de mes réflexions sur la mort et le ciel, je me rendis compte qu'ils acceptaient la mort de façon naturelle, enfantine et paisible. Ils étaient très calmes, et je crois que la présence silencieuse de leur ami leur manquait. Une fillette m'assura qu'à la mort, on était transporté au ciel dans les bras de Jésus, et qu'il nous déposait doucement sur son gros oreiller blanc pour que nous puissions dormir. Quelle imagination et quelle foi ! Elle m'encouragea, moi, sa maîtresse, à ne jamais avoir peur, car Dieu était toujours là. Par la suite, ses paroles firent écho dans ma mémoire, le jour où j'écrivis : « Mon enfant chérie, je t'aime et je ne t'abandonnerai jamais… »

Les jours suivants, mes élèves me prodiguèrent le réconfort et la force dont j'avais désespérément besoin, et qui me seraient encore plus nécessaires par la suite. Je fus incapable de terminer l'année scolaire, car je fus conduite à l'hôpital et les séquelles de la décharge électrique que j'avais reçue étaient si graves qu'il me fallut plusieurs mois pour me rétablir. Je dus abandonner ma classe et rentrer chez mes parents. Le choc que j'avais subi me causa d'atroces migraines, et au cours du traitement, je dus couper mes longs cheveux bouclés couleur auburn. Lorsqu'ils repoussèrent, l'une des mèches était devenue blanche, et elle le resta, comme pour me rappeler que je devais être toujours reconnaissante envers Dieu pour chaque jour qu'il me donnait de vivre.

Il me fallut un peu plus longtemps pour me remettre du choc psychique que j'avais subi. Au cours de cette période de ma vie, je me rendis compte que certaines personnes ne peuvent ni comprendre, ni accepter la mort et la maladie. Elles ne cherchent pas les réponses à leurs questions là où elles le devraient. Elles s'aigrissent contre Dieu.

Bien que je ne l'aie pas vraiment compris à l'époque, le Seigneur fit en sorte qu'une aventure sentimentale que je croyais sérieuse tourne court. Si je m'étais battue pour cette relation, si j'avais été prête à faire des compromis, les choses auraient été différentes. Mais je ne voulais pas agir à l'encontre de ma foi.

C'était une époque bien triste. Je pris certainement les choses trop au tragique – le poète qui sommeillait en moi cherchait toujours des moyens de s'exprimer, et j'étais encore très jeune. J'avais besoin de mûrir, et les peines de cœur sont une bonne façon d'y parvenir. Mes amies me disaient que j'étais désespérément romantique, mais moi, je me sentais seulement désespérée.

Heureusement, au cours de ma convalescence dans notre ferme familiale à Tillsonburg, j'admis progressivement que j'avais besoin de faire totalement confiance à Dieu dans tous les événements de ma vie.

Aujourd'hui, j'affirme avec certitude que quiconque adopte cette position peut être certain que Dieu contrôle tout, y compris nos échecs apparents. Même lorsque nous avons l'impression de marcher sur un chemin triste, rocailleux ou solitaire, nous ne sommes pas seuls. Ses paroles sont vraies :

> « *Mon enfant chérie, je t'aime et je ne t'abandonnerai jamais, jamais, jamais,*
> *Surtout pas lorsque tu passes par l'épreuve.*
> *Là où une seule personne a marqué le sable de ses pas,*
> *C'était moi qui te portais.* »

Chapitre quatre

Des lettres d'amour venues du cœur

Les voies de Dieu sont parfaites.

Psaume 18.31

Le joyeux samedi passé avec Paul à la Foire Nationale Canadienne me laissa toute songeuse le lendemain. Je réfléchissais à tout ce qui m'était arrivé depuis le mois de mai et je compris, avec joie et stupéfaction, que ma façon de voir s'était considérablement modifiée depuis que j'avais rencontré Paul.

Je guettais impatiemment le passage du facteur chaque jour, et mon attente ne fut pas vaine, car au milieu de la semaine, je trouvai une lettre de Toronto mentionnant l'adresse à laquelle je pouvais répondre à Paul. Il m'avait écrit dès le dimanche, et je tenais enfin sa lettre en mains. J'étais folle de joie et très excitée. Je me hâtai de dénicher un lieu tranquille où personne ne viendrait me déranger et me plongeai dans ma lecture.

Paul m'expédia une autre missive le mercredi ; je la reçus le vendredi. Ses lettres commencèrent à me révéler ce dont je m'étais doutée. J'avais senti la profondeur de sa foi, mais nous avions passé si peu de temps ensemble que je n'avais pas pu l'apprécier à sa juste valeur.

Le samedi, tandis que j'allais vers la boîte aux lettres pour envoyer une missive à Paul, il apparut, mon frère à ses côtés. Jim l'avait invité à passer le week-end à la ferme, mais il ne nous avait pas téléphoné pour nous prévenir. Je tendis ma lettre à Paul, et comme toujours, il lança une boutade : « Remis en main propre ! Quel honneur !

– C'est génial de t'avoir avec nous », répliquai-je en essayant de dissimuler mon enthousiasme.

Paul proposa aussitôt ses services à mon père, qui le prit au mot. Il tondit la pelouse d'une vingtaine d'ares avec notre vieille tondeuse, et aida mon père à se débarrasser d'un nid de frelons sous le toit. Et moi je désherbai, sarclai dans le jardin et ratissai l'herbe – simplement pour être auprès de Paul. Évidemment, à l'époque, je ne l'aurais avoué pour rien au monde, même pas à moi-même.

Dans la soirée, nous jouâmes au Monopoly en grignotant du pop corn. Nous passâmes de merveilleux moments et apprîmes à mieux connaître Paul.

Le dimanche, nous nous rendîmes à notre assemblée, la North Broadway Baptist Church. Paul y retrouva un ami de l'école biblique, notre pasteur. Le reste de la journée défila bien trop vite, et avant que j'aie eu le temps de dire ouf ! Jim et Paul étaient repartis à Toronto. Mais Paul avait promis de continuer à correspondre avec moi et, malgré ses nombreuses occupations, il tint parole et m'écrivit deux ou trois fois par semaine durant quelque temps. Je lui écrivais souvent aussi. Une fois, je lui postai trois lettres le même jour ! Je me confiais en lui avec une facilité déconcertante. Je lui disais plus sur moi que je n'avais jamais dit à personne. Nous devenions vraiment des amis intimes. Et lorsqu'il le pouvait, il venait me rendre visite à la ferme.

« Parle-moi de ton enfance, me dit-il au cours de l'une de ces visites. As-tu toujours aimé le piano ?

– Tu devrais demander ça à mes parents, répondis-je. Ô Paul, je ne sais pas si tu me croiras, mais j'ai même composé des mélodies pendant mon sommeil. Quand j'étais petite, j'étais somnambule, et au milieu de la nuit, je me levais, descendais et m'asseyais au piano. Le reste de la famille n'appréciait pas tellement... » Et nous pouffâmes de rire.

« Mais pour répondre à ta question, mes parents se sont sacrifiés pour m'offrir un piano. J'ai commencé à jouer toute seule à six ans. Mon père tournait le bouton de la radio, captait un chant qui lui plaisait et déclarait : 'Tu as entendu Midge ? Je vais arrêter la radio, et tu joueras cela au piano.' Et c'était ce que je faisais. Je voulais prendre des leçons, mais les gens me disaient que je ne pourrais plus jamais apprendre correctement. Je résolus de leur prouver qu'ils avaient tort. C'est pourquoi, à l'âge de treize ans, j'ai commencé à étudier le solfège.

– Et aujourd'hui, tu prends des leçons pour devenir compositeur et concertiste, constata Paul d'un ton admiratif. Dieu t'a vraiment accordé un grand don, Margie. »

Je le remerciai pour ses compliments et lui dis combien j'appréciais qu'il croie que tout don, quel qu'il soit, vient de Dieu. « Je veux que mes poèmes et mes mélodies soient toujours une expression de ce que Dieu a mis dans mon cœur et dans mon âme », lui dis-je. Et je le pensais vraiment.

« Ils le seront, Margie, ils le seront… » murmura-t-il en me caressant les mains. Il avait les larmes aux yeux.

« Parle-moi de ton enfance, Paul », lui demandai-je.

Il hésita, puis répondit : « Elle ne ressemble pas du tout à la tienne, heureuse et sans souci, Margie… »

Ce jour-là, pour la première fois, j'entendis Paul parler de son passé. Ce qu'il m'apprit était si terrible que, lorsque j'y repensai seule dans ma chambre, je sanglotai. Je pleurai aussi devant Paul sans retenue.

Sa mère mourut quand il était petit, et ensuite, il fut maltraité. Comme le docteur James Dobson le déclara il y a quelques années, après avoir interviewé Paul à la radio au cours de son émission sur la famille, « Paul Powers était l'un des cas d'enfants maltraités les plus pathétiques que j'aie jamais connus… »

Aux côtés de sa mère qui venait de décéder, le bambin de sept ans était terrifié et désemparé. Agacé par ses sanglots, son père ivre lui donna un tel coup de poing en plein visage qu'il fut projeté à travers la pièce. Mais il ne s'arrêta pas là. Sans tenir compte de son nez et de sa bouche ruisselants de sang, son père lui assena des coups de pied en vociférant : « Ça t'apprendra à pleurer ! Ferme-la, sale gosse. Les vrais hommes ne pleurent pas ! Tu n'es qu'un bébé ! »

Et il continua à le marteler de coups sur le dos, le visage et tout le corps.

L'ambulance qui emmena la mère de Paul conduisit le petit garçon à l'hôpital. Il y passa plusieurs jours, car il avait un poignet et des côtes cassés, un œil au beurre noir, de multiples contusions et plusieurs dents en moins. « Mais je n'ai pas pleuré, me dit Paul. J'ai fait le vœu de ne plus jamais pleurer. »

Ce jour-là, Paul ne perdit pas seulement sa mère, mais aussi son enfance. Il devint un petit garçon amer, forcé d'être un « homme » du jour au lendemain, ce qui fut terriblement néfaste pour lui. Il eut une enfance tragique, gâchée par l'alcoolisme invétéré de son père, souvent ivre-mort. Puis ce dernier se remaria ; sa belle-mère amena ses propres enfants avec elle, et d'autres naquirent au cours des années suivantes. À l'âge de huit ans, Paul avait déjà eu affaire à la police, car ses jeux innocents avec les enfants du voisinage se transformèrent en vols à l'étalage, brigandage et meurtre.

Paul passa des années ballotté d'une maison de redressement à une autre, pour échouer dans une prison ayant servi de camps aux prisonniers de guerre allemands. À l'âge de seize ans il était un délinquant endurci. On le transféra alors dans une prison mieux gardée, à Guelph. Il y passa presque tout son temps en régime cellulaire, mais ce fut là qu'on lui donna l'occasion de suivre des cours d'une école de commerce qui révélèrent ses capacités créatives. Cela lui conféra certains privilèges. Il fut transféré à Bowmanville où il travailla dans une fabrique de chaussures. Ce fut un tournant dans sa vie. Paul logea chez un couple de chrétiens âgés, Clara et Clarence Adams, et sa vie changea du tout au tout.

« J'ai été invité à une réunion de *Jeunesse pour Christ* par une fille avec laquelle je sortais, m'expliqua-t-il, et j'y suis allé. Et même plusieurs fois. » Sa voix se cassa en disant ces mots, et ses yeux s'embuèrent.

« Tu pleures, fis-je doucement remarquer.

– Oui, dit-il. Après la mort de ma mère, j'ai passé des années à me contenir, mais à la suite de l'une de ces réunions, le barrage a fini par céder. Nous avons bien causé, Dieu et moi. J'ai demandé à Jésus de me pardonner, comme l'avait fait le brigand sur la croix dont j'avais entendu parler la veille au soir. Dieu le Père m'a murmuré qu'il m'aimait, et je l'ai cru. Maintenant, je n'ai plus peur de pleurer... »

En septembre 1959, il s'installa à London, dans l'Ontario, afin de travailler pour *Jeunesse pour Christ* en rapport avec le tribunal pour enfants et pour familles et d'organiser des rassemblements régionaux pour jeunes. Au moment où nous parlions, il tenait des rencontres autour de Belleville et conseillait des délinquants juvéniles de la région – des jeunes qui suivaient à peu près le même parcours que lui autrefois.

Ce que Paul n'a pu me dire ce jour-là, il me l'écrivit par la suite, car notre correspondance hebdomadaire se poursuivit. Je me rendis vite compte que ces lettres venaient directement de son cœur, et bientôt, les mots « Je t'aime » firent leur apparition.

Chapitre cinq

Réflexions

Vivez comme des enfants de lumière...
Efforcez-vous de discerner ce qui plaît au Seigneur.
Éphésiens 5.8

Mes conversations et ma correspondance avec Paul me firent beaucoup réfléchir. Pendant que je songeais aux événements dramatiques qui avaient marqué sa vie, faisant de lui l'homme que je connaissais et respectais, je compris qu'il était temps pour moi de penser à ma propre vie et à la direction qu'elle allait prendre.

J'avais eu le privilège de naître dans un foyer uni où je me sentais en sécurité. J'étais la troisième d'une famille de six enfants, et nos parents élevèrent aussi un garçon nommé Gordon. « Trois fils et trois filles », aimait annoncer fièrement mon père.

« On t'a donné le prénom de la princesse Margaret Rose, me rappelait-il souvent. Margaret Rose Fishback, voilà comment nous avons décidé de t'appeler. » Ma mère était d'origine écossaise. Quant à mes grands-parents paternels, ils avaient immigré au Canada avant ma naissance ; ils venaient de Düsseldorf, en Allemagne. « Il y a une ville sur la frontière de l'Autriche et de l'Allemagne appelée Fishback, du nom de notre famille. » Il était fier de son héritage germanique. Mais mes premières mésaventures furent liées à mon ascendance allemande.

J'étais au cours préparatoire. J'eus des problèmes avec ma maîtresse. La prononciation allemande de mon père avait dû déteindre sur moi, et chaque fois que j'écorchais un mot, elle me frappait les doigts avec sa baguette. J'avais toujours les doigts rouges ! Je l'entends encore dire : « Ne parle pas avec cet accent allemand sinon, gare à toi ! » Ses terribles « sinon » m'embarrassaient et me terrifiaient.

Un jour où mon père et moi étions assis dehors sur un tronc d'arbre pour un de nos entretiens à cœur ouvert, je lui en parlai. « Sois fière de tes ancêtres », déclara-t-il. Puis il ajouta : « Rappelle-toi juste ce qu'enseignent la Bible et les Dix Commandements, et ne sois pas impolie envers ta maîtresse. »

Ce fut la première fois que je rencontrai de l'animosité. Aujourd'hui, en y réfléchissant, je comprends que l'hostilité de ma maîtresse n'avait pas grand-chose à voir avec moi. C'était dû à la deuxième guerre mondiale. Plus tard, dans une autre classe, lorsque je voulus faire un devoir sur mes origines germaniques, ma mère me l'interdit catégoriquement. Mieux vaut ne pas insister, me dis-je, et je n'abordai plus jamais ce sujet, le souvenir des coups sur les doigts de ma maîtresse du cours préparatoire aidant.

Un autre incident m'avait déjà valu une punition, alors que j'étais à l'école maternelle. La maîtresse avait l'habitude de nous taper sur les mains avec une sangle en cuir rouge. Comme elle était sortie de la classe et que, quand le chat n'est pas là, les souris dansent, nous en profitâmes tous pour quitter nos pupitres et nous balancer dans les allées en prenant appui sur eux. Lorsque la maîtresse revint et nous surprit, nous dûmes nous aligner et défiler à tour de rôle dans le vestiaire. Je l'entendis frapper les enfants qui me précédaient et soudain, je fondis en larmes. Je souffrais pour mes camarades, plus que si c'était moi qu'on avait frappée. Mais lorsque mon tour arriva, je ne sentis presque rien, à peine un léger coup. Cela m'intrigua beaucoup.

La maîtresse me frappa-t-elle moins fort parce que j'étais de petite taille et d'aspect fragile ? Estima-t-elle que j'étais innocente et que c'étaient les autres qui m'avaient entraînée ? Je réfléchis à cela aussi en me remémorant les souvenirs du passé. J'avais pleuré pour mes camarades de classe, mais pas pour moi. J'ai tendance à pleurer facilement pour les autres ; la souffrance de Paul, par exemple, m'avait tiré des larmes. Verser des pleurs a une valeur thérapeutique. Dieu n'y est pas indifférent, et le Psaume 56 nous affirme même qu'il les recueille. Dans de nombreux endroits, il nous est dit que Dieu voit nos larmes, mais nous savons qu'un jour, il essuiera toute larme de nos yeux (Ésaïe 25.8) et qu'il n'y aura plus ni mort, ni deuil, ni cri, ni douleur (Apocalypse 21.4).

Je suis sûre que mon ange gardien avait fort à faire avec moi. Un jour, quand j'étais petite, j'ai failli mourir. Je m'étais rendue à l'épicerie avec ma sœur et en revenant, l'un de mes cousins se lança à ma poursuite. Je courus dans la rue. Un camion arrivait juste à ce moment, et il me percuta. Le choc me propulsa sur la pelouse de notre église. Le conducteur s'arrêta, me releva et me porta chez moi, à quelques pas de là. Ma sœur hurlait, et moi aussi – non parce que j'étais grièvement blessée, mais plutôt parce que je ne voulais pas être portée. Et probablement aussi parce que je craignais la réprimande que ne manqueraient pas de m'adresser mes parents, eux qui nous recommandaient sans cesse de regarder des deux côtés avant de traverser la rue.

Une autre fois, à l'âge de treize ans environ, une abeille se posa sur moi pendant que je sarclais des pommes de terre dans le jardin. J'avais très peur des abeilles, parce que l'un de mes oncles était mort à la suite d'une piqûre. Je me mis à crier et mon frère Jim accourut à mon secours. « Non, non, ne me touche pas ! » m'écriai-je, comprenant subitement que Dieu allait prendre soin de moi. J'eus comme une vision instantanée du Seigneur venant me protéger.

Alors, je fis une prière naïve : « Seigneur, si tu éloignes de moi cette abeille, je te laisserai venir dans ma vie et me conduire. »

On ne marchande pas avec Dieu ! Je peux presque entendre le reproche. Mais le Seigneur savait que je pensais beaucoup à lui, et que c'était le moment de faire le point. Ma grande sœur était devenue chrétienne, et elle me pressait sans cesse de demander à Jésus de venir dans ma vie. Je savais qu'elle priait pour moi (je l'avais entendue). J'avais dit à ma mère et à ma sœur : « Ça ne m'intéresse pas. Je veux devenir concertiste, actrice et maîtresse d'école… » Au fil des années, ma mère avait souvent soupiré : « Quelle petite tête de mule ! »

Je ne voulais pas que mes aspirations enfantines soient entravées, et je n'aurais modifié mes projets ou renoncé à mes rêves pour rien au monde. Ce que je n'avais pas compris, c'est que Dieu ne nous prend rien. Au contraire, il donne, et en rajoute sans cesse. Dieu est un donateur. Le meilleur de tous.

Ce jour-là, lorsque l'abeille fut repartie sans m'avoir piqué, je jetai ma houe et déclarai à ma mère que j'allais me faire baptiser à l'église. À ce moment-là, je sus que je voudrais toujours montrer que j'avais Christ dans ma vie.

En réfléchissant à mon passé et en essayant de trouver un sens à mes souvenirs, un autre incident me revint à l'esprit. J'avais toujours admiré la façon dont Paul avait su tirer des leçons de son passé. Il disait souvent : « Les souvenirs et les erreurs sont des obstacles qui doivent nous servir de tremplins. » J'admirais la manière dont il s'intéressait aux jeunes et, vu son passé, je comprenais pourquoi il avait passé tant d'années à travailler avec *Jeunesse pour Christ*. Je sentais qu'il avait une profonde compassion pour les déshérités. Et surtout, je savais qu'il aimait par-dessus tout le Seigneur et qu'il en serait toujours ainsi. Moi aussi, j'aimais beaucoup les enfants. Mais qu'est-ce qui, dans mon passé, m'avait poussée à travailler avec eux ?

Alors, un souvenir me revint. À l'école, mes maîtresses me demandaient souvent de les aider à faire travailler les autres élèves. J'avais un don naturel pour communiquer avec les enfants, mais deux filles semblaient toujours m'en vouloir et même me haïr. Sans exagérer, j'ai dû supporter la méchanceté de ces camarades de classe pendant des années. Quoi que je fasse, elles m'en voulaient sans cesse. Peut-être était-ce dû au fait que l'une de ces filles était obèse, alors que j'ai toujours été menue ; encore aujourd'hui, je ne mesure qu'un mètre quarante-huit.

Un garçon qui habitait près de chez elles se mit en tête de me protéger. Cela dura des années. Souvent, il s'interposait entre elles et moi et leur disait de me laisser tranquille. Mais un jour, ni lui, ni personne n'était aux alentours pour me porter secours. La fille obèse m'accula dans un coin où personne ne pouvait me voir et me jeta par terre. Puis elle s'assit sur moi et se mit à me chatouiller jusqu'à ce que je suffoque et puisse à peine respirer. Je crus ma dernière heure venue. Heureusement, quelqu'un vit ce qui se passait, sinon j'aurais fini par succomber. Dès que je fus libérée, je courus chez moi et m'effondrai. Je me sentais tellement mal et était si terrifiée qu'il me fut impossible de reprendre l'école avant longtemps. La maîtresse vint chez nous et nous adressa des excuses, à mes parents et à moi. Les filles furent sévèrement réprimandées et on leur interdit de s'approcher de moi.

Mais pendant longtemps, j'avais le cœur lourd. Je me demandais pourquoi elles étaient si agressives. J'aurais voulu les aider, être pour elles une amie fidèle. Aujourd'hui, en y repensant, je comprends que Dieu avait suscité dans mon cœur un amour profond pour ceux qui avaient besoin de le connaître. Il y avait comme un appel que Dieu m'avait adressé, et je voulais être fidèle à cette vocation. Je me souviens que mon père m'avait demandé, après cette épreuve : « Qu'est-ce que Dieu veut te dire, Midge ? Comment agit-il dans ta vie ? »

J'avais toujours été une enfant consciencieuse, et je le devins jusqu'au scrupule. Mes poèmes de cette période reflètent cet état d'esprit et la direction que je désirais prendre. L'un d'entre eux, très court, me rappelle la leçon que j'ai apprise à ce moment-là :

Les autres ont besoin de ton pardon
De tes paroles d'encouragement.
Mais sais-tu où ils sont ?
Peut-être sous tes pieds ; regarde bien.

J'y ajoutai : *Le pardon est le parfum que la fleur laisse sur la semelle qui l'a écrasée.*

Je voulais plaire au Seigneur et vivre comme l'une de ses filles.

Chapitre six

Une promenade sur la plage

Dans toutes leurs détresses,
il a été lui-même dans la détresse,
et l'ange qui se tient en sa présence les a sauvés.
Dans son amour et dans sa compassion, il les a libérés,
il les a soutenus
et il les a portés tous les jours d'autrefois.

Ésaïe 63.9

Paul avait été invité à parler à une retraite de jeunes dans un camp, au nord de Kingston, à plus de cent soixante kilomètres à l'est de Toronto, pour le week-end des actions de grâces. Il m'avait téléphoné pour me demander si je l'accompagnerais pour jouer du piano pendant les réunions. J'avais accepté avec enthousiasme.

J'enseignais à Ingersoll ; après mon travail, le vendredi après-midi, je pris ma voiture pour me rendre chez ma sœur, à l'ouest de Toronto, au bord du lac Ontario, où nous avions convenu de nous retrouver. Nous arrivâmes presque en même temps.

Je ne m'attendais pas à ce qui se produisit peu après. J'étais en train d'empiler quelques affaires dans ma valise lorsque Paul fit irruption. Il me serra dans ses bras, m'embrassa, puis me surprit en déclarant : « Je t'aime, et je sais que tu m'aimes aussi. J'ai quelque chose pour toi. »

Et il me tendit l'un de ces petits écrins que toute jeune fille rêve de voir dans les mains de l'homme qu'elle aime. Il l'ouvrit et à l'intérieur, niché dans du velours, apparut un diamant scintillant. Il me prit la main et me demanda : « Puis-je te passer la bague au doigt ? »

La stupéfaction se peignit sur mon visage. Paul prétend qu'au début, j'eus l'air émerveillé, mais qu'ensuite, terrifiée, je fondis en larmes. « Mes parents ne sont pas au courant ! » J'étais une jeune fille très soucieuse des convenances et j'aimais faire les choses selon les traditions. Je savais que mes parents aimaient beaucoup Paul, mais étaient-ils prêts à l'accepter dans la famille en qualité de gendre ? Approuveraient-ils mon choix s'ils connaissaient son passé ? De plus, cela ne faisait pas très longtemps que nous nous fréquentions. Tout était arrivé si vite !

Paul tenta de me consoler et de me convaincre en même temps. « Margie, tout ira bien. Tes parents m'aiment beaucoup. Ton père et moi, nous nous entendons si bien ! »

Pour finir, la bague était bien trop grande pour mes petits doigts fins. Paul me la passa et nous éclatâmes de rire en la voyant se balancer à mon annulaire. « Quand nous rentrerons, je parlerai à tes parents et j'obtiendrai le consentement de ton père. » Il prit doucement mon menton dans ses mains. « Ça va mieux ? Tu es rassurée ? »

Je me blottis contre lui. Il me faisait l'effet d'un gros ours en peluche. « Paul, tu sais que je t'aime. Mais oui, j'aimerais que tu demandes ma main à mon père. Je suppose que je suis une incorrigible sentimentale… »

Je remis la bague dans son écrin et le glissai dans mon sac à main. Puis nous partîmes pour le centre de conférences d'Echo Lake, près de Kingston. Dans la voiture, je sortais sans cesse ma bague, je l'admirais, puis je la remettais dans mon sac. Je continuai ainsi pendant bien des kilomètres. En même temps, nous discutions des problèmes qui allaient se poser à nous. Comment les résoudre ? Nous ne venions ni l'un ni l'autre d'une famille aisée, et nous n'avions que nos salaires pour vivre. Comme pour la plupart des jeunes, vers la fin du mois il nous restait plus de jours que de sous.

Nous étions en automne, et le paysage était splendide. Les feuilles jaunes et orange des érables tombaient, et les sumacs étaient du rouge le plus vif que je n'aie jamais vu. Ce superbe feuillage nous émerveilla, et je confiai à Paul que l'automne était ma saison préférée.

Nous devions retrouver un groupe de personnes à Kingston, dîner ensemble, puis repartir en convoi vers le nord pour Echo Lake, à une trentaine de kilomètres de là. Nous étions en avance. Tandis que nous roulions, je lançai impulsivement : « Allons nous promener sur la plage. » Nous avions observé les yachts qui passaient en faisant des vagues, et la perspective me tentait. Paul gara la voiture et nous sautâmes sur le sable. Nous partîmes pieds nus, le sable chaud enveloppant nos orteils.

Nous rîmes en voyant les mouettes descendre en piqué et saisir les poissons dans leur bec pointu. Elles étaient si gracieuses lorsqu'elles volaient dans le ciel que cela me fit penser à l'expression « libre comme l'air ».

Le reflet du soleil couchant faisait miroiter l'eau. C'était vraiment splendide. Tout en nous promenant en nous tenant par la taille, nous reprîmes notre conversation. « De quelle manière dois-je m'adresser à ton père, à ton avis ? » m'interrogea Paul. Nous nous fîmes plusieurs suggestions.

« Il y a eu beaucoup de mariages dans ma famille, ces derniers temps, fis-je remarquer. Ma sœur et mon frère. Je ne suis pas sûre que mes parents soient prêts à envisager une nouvelle cérémonie, même l'été prochain.

– Que dirais-tu de fin juin, ou début juillet ? » suggéra Paul.

Tout en parlant, nous nous prîmes par la main et longeâmes le rivage. Les vagues venaient nous lécher les pieds. Finalement, Paul regarda sa montre et dit qu'il était temps de faire demi-tour.

En riant et en bavardant gaiement, nous rebroussâmes chemin. Puis nous reprîmes notre discussion et abordâmes des sujets sérieux. Les vagues recouvrirent la marque de nos pas, si bien qu'en revenant vers la voiture, nous ne vîmes qu'une seule trace. En le constatant, je fis cette remarque : « Peut-être est-ce un signe de ce qui va nous arriver. Peut-être allons-nous tous disparaître. Peut-être nos rêves vont-ils s'évanouir.

– Non, protesta Paul. Cela me fait penser à notre avenir. Le jour de notre mariage, nous ne ferons plus qu'un. Quelle joie ce sera pour moi de passer toute une vie avec toi ! Tu vois ces empreintes, là, devant nous ? Elles sont toujours là. Les bouts où elles ont été effacées sont les périodes difficiles auxquelles il nous faudra faire face. Tout mariage en connaît, tu sais. »

J'étais toujours remplie d'inquiétude. « Mais aurons-nous la force de faire face à ces difficultés ? »

Paul s'arrêta, me regarda droit dans les yeux et me promit : « Oui, nous l'aurons. Si nous nous aimons assez pour nous battre pour ce que nous avons, nous y parviendrons. Avec ce que j'ai derrière moi, Margie, je sais ce que cela veut dire que de se battre. Et cela vaut la peine de se battre pour ce que nous avons.

– Que se passera-t-il si nous connaissons des épreuves insurmontables ? » Je m'arrêtai de marcher et désignai le sable du doigt. « Regarde, Paul, il n'y a plus qu'une seule trace. »

Paul soupira et garda le silence pendant quelques instants en me serrant la main pour me rassurer. Puis il dit : « Margie, au plus fort de l'épreuve, quand nous serons à bout, le Seigneur nous portera tous les deux, tant que nous garderons la foi et que nous nous confierons en lui. »

Cette idée était si belle, et Paul semblait si sincère en l'exprimant que j'en eus le souffle coupé. « Ooooh... balbutiai-je. C'est merveilleux ! » Cette pensée enflammait mon esprit poétique. Comment renoncer à un tel homme ? Et pourtant, l'amour était si exigeant ! Pourrais-je prendre le risque d'aimer Paul de tout mon cœur ?

Alors, en jouant, il me prit par-derrière, me souleva pour me faire tourner autour de lui et s'écria : « Comme ça, regarde ! »

Je hurlai : « Je ne te vois plus, je ne te vois plus ! » Nous étions jeunes, amoureux, sérieux et fervents, mais cette sortie était joyeuse, et Paul avait envie de me voir rire et me détendre. Il savait que depuis que j'avais été frappée par la foudre, j'avais connu des moments difficiles. Je n'étais pas complètement rétablie et je prenais encore des médicaments. J'avais autant besoin de ce week-end de retraite que les autres participants. Il me fit tournoyer de nouveau dans ses bras, et je me remis à hurler.

« Je suis là, fit-il en riant. Je te tiens, ne crains rien ! »

Tout cela se déroula en quelques minutes, mais j'en garderais un souvenir impérissable. Je me souviens que Paul me reposa doucement à terre et m'embrassa tendrement. Puis nous repartîmes entrelacés. Mais tout en marchant, nous continuâmes à observer nos deux traces parallèles, qui se réduisaient quelquefois à une seule. Cela me fit beaucoup réfléchir. J'étais totalement absorbée dans mes pensées.

Nous retournâmes au Holiday Inn où nous devions retrouver les autres. Pendant que nous les attendions, assis dans le restaurant, je pris une serviette en papier et me mis à griffonner des idées et des phrases.

« Qu'est-ce que tu fais ? » me demanda Paul, comme s'il ne le savait pas déjà. Il avait pris l'habitude de me voir chercher quelque chose pour écrire chaque fois que nous étions ensemble. J'avais toujours de nouveaux poèmes en tête.

« Oh ! Juste un de ces poèmes. » Je lui souris. « À propos de nos empreintes sur le sable. » Il tendit le bras pour me caresser la main. Il aimait mes poèmes et était toujours prêt à me témoigner sa surprise et son admiration. Il m'encourageait beaucoup.

Après le dîner, nous retournâmes dans nos voitures et partîmes pour Echo Lake. Nous trouvâmes nos bungalows, déballâmes nos affaires, souhaitâmes une bonne nuit à tout le monde et nous installâmes pour dormir. Les filles de mon bungalow pouffaient de rire et chahutaient, et j'avais du mal à me mettre au diapason. Je fus soulagée qu'elles finissent par se coucher et s'endormir l'une après l'autre. Mais le sommeil me fuyait.

Je pensais au diamant dans son écrin et me demandais si notre amitié n'avait pas progressé trop vite. Nous ne nous connaissions que depuis six semaines ! Que dirait ma famille ? Je repensai à notre conversation sur la plage. Alors, je cherchai mon carnet, mon stylo et ma lampe de poche. Les phrases qui s'étaient formées dans ma tête tout l'après-midi apparurent sur le papier.

Comme dans un rêve, je vis une histoire se former dans mon esprit. Je me vis marcher le long d'une plage avec mon Sauveur. Nos pieds laissaient des empreintes dans le sable. Des événements de ma vie se projetaient dans le ciel, et à chaque fois, je remarquais deux séries d'empreintes dans le sable, les miennes, et celles du Seigneur. Lorsque la dernière partie de ma vie se déroula devant moi, je me retournai et ne vis plus qu'une seule trace. Je réalisai alors que cela correspondait à ce qui avait été la période la plus difficile de ma vie. Je demandai au Seigneur où il était au moment où j'avais eu le plus besoin de lui.

Les mots vinrent naturellement sous ma plume.

« Seigneur, le jour où j'ai décidé de te suivre
Tu m'as dit que tu marcherais toujours avec moi.
Mais je découvre maintenant
Qu'aux pires moments de ma vie
Il n'y a les empreintes que d'une seule personne.
Pourquoi m'as-tu abandonnée
Lorsque j'avais le plus besoin de toi ? »

Puis j'écrivis la réponse :

« Mon enfant chérie, je t'aime et je ne t'abandonnerai jamais, jamais, jamais,
Surtout pas lorsque tu passes par l'épreuve.
Là où une seule personne a marqué le sable de ses pas,
C'était moi qui te portais. »

Tout à coup, je me rendis compte que j'écrivais en vers libres, ce qui ne m'arrivait jamais en temps ordinaire. J'avais l'habitude de faire des rimes.

Je regardai ma montre. Il était trois heures du matin. Je frissonnai, car la brise matinale était fraîche. « Tu ferais mieux de dormir un peu, me dis-je, ou tu ne seras plus bonne à rien de toute la journée. » Juste avant de m'assoupir, je pensai : « Voilà que je viens d'écrire un poème sans même lui donner de titre. Puis je me dis : Ce n'était peut-être qu'un rêve ? »

Le lendemain matin, dès le réveil, je pris mon carnet, lus le poème et pensai aussitôt : « Appelle-le *Je fis un rêve* ».

C'est ainsi que naquit le poème que l'infirmière lut à mon mari sur son lit d'hôpital bien des années plus tard. Il devint célèbre sous le titre *Des pas dans le sable*, mais pour nous, il sera toujours un souvenir de notre promenade sur la plage. À nos yeux, il symbolise le moment où Dieu nous a dit qu'il bénirait notre mariage et qu'il marcherait toujours avec nous, en nous portant chaque fois que ce serait nécessaire, comme il veut le faire pour tous ses enfants.

Chapitre sept

« Je fis un rêve »

Car Dieu lui-même a dit : « Je ne te laisserai pas, non, je ne t'abandonnerai jamais. »

Hébreux 13.5

Ce mémorable week-end d'automne, il fit un temps splendide. Les tamias couraient sur le sol pour trouver de la nourriture et les écureuils mettaient des noisettes dans leurs bajoues et les cachaient dans les arbres en prévision de l'hiver tout proche. Nous nous amusâmes à les observer. Le soleil brillait, les feuilles rougeoyaient, et toute la nature était d'une beauté inouïe.

Le matin suivant, comme convenu, je jouai du piano lors des réunions de ce temps de retraite. Paul apporta un message intitulé « Je ne peux pas prier le Notre Père ». Une centaine de jeunes gens venus des quatre coins de l'Ontario étaient là – des adolescents encore au lycée, ainsi que des étudiants et des jeunes qui étaient déjà dans la vie active. Paul expliqua ce qui s'était passé lorsqu'il travaillait pour *Jeunesse pour Christ* et « emprunta » de l'argent sans rien dire à personne : il était incapable de prier. Dieu lui semblait très lointain. Il raconta à quel point il s'était senti malheureux parce qu'il savait qu'il avait trompé Dieu et ceux qui lui avaient fait confiance.

J'observai les jeunes gens qui l'écoutaient attentivement. « Je ne pouvais pas dire : *Notre Père, qui es aux cieux* », raconta-t-il. Puis il parla de son propre père, des mauvais traitements qu'il avait subis, et de la manière dont il avait appris à l'aimer après l'avoir haï et avoir voulu le tuer pendant bien des années. Je constatai que Dieu se servait des pires événements qui avaient marqué la vie de Paul pour montrer à ces jeunes gens que Dieu voulait leur faire grâce et qu'il les aimait comme un père.

Cet après-midi-là, je montrai à Paul le poème *Je fis un rêve*. « Paul, Dieu a apaisé mon cœur. Mon père ne te repoussera pas quand tu lui demanderas si tu peux m'épouser. L'expérience que nous avons faite hier sur la plage et la rédaction de ce poème m'ont donné du courage. Hier, le Seigneur a vraiment accompli quelque chose de particulier pour nous. Il nous a donné une belle leçon visuelle. La promesse de Dieu d'être avec nous est essentielle à la réussite de notre mariage. »

Lorsque Paul lut le poème, il comprit ce que je voulais dire, et il me demanda la permission de le lire à la réunion du soir. Il affirma aux jeunes que le Seigneur était toujours là pour eux, que, même s'ils ne le voyaient pas, il veillait sur eux et les soutenait dans leurs épreuves. Les mots qu'il prononça eurent un grand impact sur l'auditoire, qui fut complètement subjugué. « Quand je marchais le long de la plage avec Margie en discutant de notre mariage futur, à un moment donné, je l'ai soulevée et tenue à bout de bras, expliqua-t-il à ses jeunes auditeurs. Elle a ri et protesté, mais elle savait que je la tenais bien, et que je ne la lâcherais pas. C'est pareil pour chacun d'entre nous. Nous ne voyons pas Jésus, mais il nous affirme dans sa parole que lorsque nous étions encore des pécheurs, il est mort pour nous. Il nous le garantit ! Vous ne le voyez pas, mais il est là… Croyez-le ! Très souvent, je me suis senti tout seul dans les ténèbres. Où est Dieu, me demandais-je ? Je me débattais en tous sens, et parfois, je pensais qu'il avait cessé de m'aimer, mais il était toujours là, et il me portait. Et c'est ce qu'il fera aussi pour vous. »

Puis il lut le poème. Plus tard, plusieurs personnes nous déclarèrent qu'on aurait pu entendre une mouche voler quand de nombreux jeunes prirent la décision cruciale de remettre leur vie à Christ.

Le lendemain matin, beaucoup me demandèrent un exemplaire du poème. Je donnai aussi une photocopie à Lloyd, un très bon ami de Paul et remarquable musicien qui projetait de le mettre en musique en guise de cadeau de mariage. Lloyd mourut peu de temps après – il fut mortellement blessé dans un accident urbain au cours de son travail missionnaire – et ne put jamais terminer ce qu'il avait entrepris. Ce fut l'une des occasions où nous réalisâmes après coup que le Seigneur portait vraiment Paul, car la mort de son ami l'affecta profondément.

Le lundi matin après ce week-end exceptionnel, tout le monde se dit au revoir et partit dans diverses directions. Nous fîmes halte à Frankford pour déjeuner et Paul me présenta à monsieur et madame Adams, ses parents 'adoptifs' – le couple âgé chez qui il logeait quand il trouva Christ. Avant de partir, ils prièrent avec nous pour notre nouvelle vie.

Nous rîmes, chantâmes et plaisantâmes pendant tout le trajet du retour. Lorsque nous en eûmes assez, nous mîmes la radio à fond et ouvrîmes les fenêtres. Juste avant d'atteindre la ferme, Paul s'arrêta au bord de la route et nous priâmes ensemble. Nous nous demandions comment mon père réagirait à la demande de Paul. Après tout, nous n'étions vraiment sortis ensemble que deux fois. D'innombrables questions se pressaient dans ma tête : *Nous connaissons-nous vraiment ? J'en ai appris davantage sur Paul au cours de ce week-end que des semaines précédentes. Nous sommes si différents... Ce mariage est-il raisonnable ?* Notre passé était radicalement opposé, dans tous les domaines.

Nous fûmes accueillis à bras ouverts, car mon père et ma mère avaient hâte d'entendre le compte rendu de la retraite. Puis je murmurai à ma mère que j'avais besoin de lui parler en privé, et je laissai Paul seul avec mon père dans la cuisine. Voici comment il décrivit l'entrevue : « Le père de Margie était un imposant fermier allemand solidement charpenté. Il était assis, les pouces dans les bretelles de sa salopette, et me regardait de bas en haut comme si j'étais un bœuf qu'il examinait en vue d'un achat éventuel. »

Mon père avait un excellent sens de l'humour, et je pense qu'il savait dès le début ce que Paul allait lui demander. Mais il le laissa sur le qui-vive pendant quelques instants.

« Tu as quelque chose à me dire ?

– Oui, monsieur.

– Vous avez eu un accident ?

– Non, bafouilla Paul.

– Alors, de quoi veux-tu me parler ?

– De... Margie.

– Elle a quelque chose qui ne va pas ?

– Oh non ! Elle va bien !

– Alors, qu'est-ce que tu veux ?

– Je crois que je suis censé dire : 'Je voudrais vous demander la main de votre fille'. »

Paul raconta qu'il y eut un silence pesant pendant un moment qui lui parut une éternité, mais que finalement, mon père lança : « Sa main ? Et pourquoi pas le reste ? » avec un sourire jusqu'aux oreilles.

« Très bien ! Je prendrai le reste aussi ! » s'exclama Paul en souriant à son tour.

Mon père voulait savoir si Paul m'aimait vraiment, et il lui dit qu'*il ferait bien d'en être sûr.* « C'est ma petite fille, et j'en ai pris soin pendant toutes ces années. Feras-tu de même ? Tu devras l'aimer dans les bons et les mauvais jours, l'aimer même plus que toi-même. »

Paul répondit merveilleusement aux taquineries de mon père et à sa déclaration sentimentale finale. « Monsieur Fishback, j'aimerai Margie et je l'honorerai. Je ferai tout pour la rendre heureuse. Mais je ne me berce pas d'illusions. Je sais qu'il lui arrivera d'être triste. Lorsque ce sera le cas, je serai là pour la réconforter. Je ne veux pas l'arracher à votre famille, mais simplement la prendre pour femme. Je désire entrer dans votre famille ! »

À ce moment-là, mon père sauta sur ses pieds, mit ses grosses mains calleuses sur les épaules de Paul et le serra contre lui à lui briser les os. « Viens, fiston... Laisse-moi te souhaiter la bienvenue dans notre famille ! »

C'est ainsi que nous les retrouvâmes, maman et moi. Ce soir-là, dans la cuisine rustique, il y eut beaucoup d'embrassades. Puis nous nous assîmes et je leur parlai du poème ainsi que de l'expérience que nous avions faite au bord de la plage. Mes parents furent profondément touchés et saisirent immédiatement le sens de ce qui s'était passé.

Je leur racontai comment je m'étais réveillée très tôt le matin et de quelle manière j'avais eu l'impression que Dieu tenait ma main et inspirait le poème que j'écrivais. « Dieu m'a mis sur le cœur deux versets de la Bible, dis-je. Je vais vous les lire. » Et je lus Ésaïe 63.9 et Hébreux 13.5.

Le passage d'Ésaïe disait : *Dans toutes leurs détresses, il a été lui-même dans la détresse, et l'ange qui se tient en sa présence les a sauvés. Dans son amour et dans sa compassion, il les a libérés, il les a soutenus et il les a portés tous les jours d'autrefois.*

Quant à Hébreux 13.5, il affirme : *Que votre conduite ne soit pas guidée par l'amour de l'argent. Contentez-vous de ce que vous avez, présentement. Car Dieu lui-même a dit : « Je ne te laisserai pas : non, je ne t'abandonnerai jamais ».*

Mon père nous donna sa bénédiction, et nous organisâmes notre mariage au cours des mois suivants. Nous ne pûmes nous revoir qu'à deux reprises avant la date fixée, le 10 juillet 1965.

Chapitre huit

« Une nouvelle vie »

C'est une nouvelle vie, oh ! combien il m'a changée,
Une nouvelle vie, il m'a transformée,
Une nouvelle vie, riche et épanouie,
Une merveilleuse, merveilleuse vie...

Au cours du week-end de la retraite, j'écris aussi un nouveau chant, dont voilà le premier couplet. Les paroles évoquent la vie nouvelle en Christ – plus profonde et plus large, plus grande et merveilleuse que l'ancienne. Paul et moi étions loin de nous douter à quel point ces mots auraient de sens dans notre vie conjugale. Nous allions être amenés à maintes reprises à réaliser combien la vie est fragile et combien l'être humain dépend de Dieu.

Nous eûmes une merveilleuse lune de miel d'une semaine. Nous retournâmes à Kingston et repartîmes nous promener au bord de la plage aux « pas » ; cette fois, nous étions tous deux remplis de confiance, car nous nous étions engagés l'un envers l'autre.

Puis nous revînmes à Toronto. Paul s'occupait toujours de la location de films à la librairie chrétienne, et j'avais un poste d'enseignant dans une école située dans le quartier de Yorkville, qui était, à l'époque, un quartier chaud au centre de Toronto. Pendant les week-ends, nous organisions des représentations dans des groupes de jeunes. Le numéro de Paul, « Prestidigitation chrétienne », un spectacle qui présentait le message biblique à travers des tours de passe-passe, attirait beaucoup de jeunes. Nous étions toujours très occupés.

Dès le début de notre mariage, Paul eut de graves problèmes de santé. Dans son enfance, il avait souffert de rhumatismes articulaires après la mort de sa mère, et il avait dû porter un appareil orthopédique pendant environ un an. Cette maladie avait affaibli son cœur. Parfois, je trouvais son infirmité difficile à supporter.

En novembre, après quatre mois de mariage, je téléphonai à ma mère pour me plaindre : « Chaque fois que je fais la cuisine, Paul finit par être malade. Moi, je m'ingénie à préparer de bons petits plats, et lui, il ne digère rien !

– Quels ingrédients emploies-tu ? s'enquit ma mère.

– Beaucoup d'épices, lui répondis-je.

– Pourquoi mets-tu toutes ces épices ?

– Maman, j'ai reçu un gigantesque présentoir à épices de toute beauté en cadeau de mariage. Il faut bien que je m'en serve. Ces épices sont merveilleuses !

– Elles ne sont pas si merveilleuses que ça si elles rendent ton mari malade. Tu dois prendre une décision : soit tu cuisines pour toi en utilisant tes épices et tu fais autre chose à Paul, soit tu prépares des plats qui permettront à Paul de survivre et d'être en forme afin que vous puissiez profiter tous les deux de votre vie de couple. Ma chérie, tu dois te faire une raison – pour le meilleur ou pour le pire ! » Et elle reposa le récepteur.

Tout allait de travers. À mes yeux, faire la cuisine était un aspect essentiel du mariage. Les bons petits plats, la convivialité étaient le pivot de la vie conjugale. Je me tournai alors vers la pâtisserie – fiasco complet. Échec après échec. J'étais désespérée. Finalement, comme tous mes gâteaux ressemblaient à de la bouillie pour bébés, Paul entreprit d'examiner le four de plus près et, évidemment, il s'aperçut qu'il ne fonctionnait pas correctement. Je ne pus m'empêcher de lui en vouloir de tous ces desserts gâchés. Pourquoi n'avait-il pas deviné plus tôt que le problème venait du four ?

Une fois, Paul eut une oreille gravement infectée ; cela le rendit si malade qu'il se mit à délirer, et mon frère Jim dut venir prendre soin de lui pendant que j'étais au travail. Lorsque je rentrai chez moi, je trouvai un mot m'informant qu'il avait été emmené à l'hôpital. Je me préparai à aller le rejoindre, mais à ce moment précis, mon frère ramena Paul à la maison et je constatai qu'il avait une fièvre de cheval. « Il faut que tu te lèves au milieu de la nuit pour le soigner, me recommanda Jim. Vérifie bien qu'il prend ses pilules chaque fois qu'il en a besoin. »

Je donnai scrupuleusement ses pilules à Paul, lui fis boire beaucoup d'eau et lui tins la main. Le lendemain matin, mon frère revint et me dit : « Et maintenant, Margie, je vais t'apprendre à changer son pansement. »

Je protestai. Je savais dans quel état était son oreille, et cela me dégoûtait. « Écoute, c'est ton mari », me dit Jimmy. Alors j'appris à changer le pansement, mais c'était une vraie corvée !

Cette première année de mariage, nous ne rentrâmes pas chez mes parents pour Noël. Je savais que je devais revoir mes priorités, et je comprenais, à ma grande honte, que jusque-là, je n'avais pas contribué à la réussite de notre mariage. J'étais une maniaque de l'ordre, et je pensais que notre appartement devait être à mon image. La profondeur de notre relation passait au second plan pour moi. Heureusement, je redressai la barre et me mis à prendre en considération mon mari et la tâche que Dieu nous avait confiée.

Nous nous engageâmes dans notre ministère auprès des enfants « par hasard » – du moins, c'est ce qu'il nous sembla, mais nous savions, évidemment, qu'il n'y a pas de hasard avec Dieu. Paul avait été invité à prêcher pendant une semaine à des réunions du soir à Timmins, une ville située à plus de six cents kilomètres de Toronto. Lorsqu'il pénétra dans l'église le premier soir, il fut surpris de la voir pleine de *petits enfants*. Il avait coutume de s'adresser à des adolescents ! Puis il découvrit ce qui s'était passé : les invitations annonçant sa venue comportaient une erreur d'impression. Au lieu d'inviter des jeunes « de 15 à 21 ans », elle précisait « 5 à 12 ans » !

En fait, la semaine fut fantastique. Paul fit des tours de prestidigitation avec des cordes et des mouchoirs, une « boîte-fantôme », une « Bible déchirée » et d'autres leçons de choses démontrant les vérités bibliques de façon inoubliable. Paul me téléphona aussitôt après la première réunion pour me donner des nouvelles. Cela m'avait poussée à prier et j'avais demandé à deux autres enseignantes de se joindre à moi. Lorsque Paul rentra à la maison et qu'il me raconta ce qui s'était produit avec les enfants, je ne fus pas surprise. *Dieu répond à la prière.* « Paul, tu devrais te consacrer aux enfants, tu réussirais très bien dans ce domaine ! » lui dis-je.

Il commença par protester, puis il s'aperçut que Dieu lui avait donné un don particulier pour les enfants. Les mois suivants, il s'occupa de plus en plus d'eux. Il comprit que le Seigneur lui demandait d'atteindre une génération qui cherchait désespérément à sortir de son isolement. La majeure partie de ses auditeurs étaient « des enfants à la clé autour du cou ». Leurs parents travaillaient tous les deux, et ils étaient livrés à eux-mêmes la plupart du temps. Et certains n'avaient plus qu'un parent avec eux. Ils savaient ce qu'était la solitude.

Ensemble, Paul et moi parvînmes à la conclusion que nous formions tous deux une bonne équipe, parce que je m'étais toujours intéressée aux jeunes enfants que j'enseignais.

Neuf mois plus tard, nous comprîmes qu'il était temps pour Paul de quitter la librairie pour prendre en mains lui-même la location des films. Nous devînmes les nouveaux représentants pour Toronto de la plupart des studios qui produisaient des films chrétiens à l'époque. Paul se mit à voyager davantage. Il travailla avec un célèbre chanteur de musique country, Redd Harper, personnalité bien connue d'Hollywood.

J'essayais de continuer à travailler à plein temps tout en accompagnant Paul dans ses déplacements chaque fois que je le pouvais. Nous nous occupions d'enfants dans tout le pays. On demanda même à Paul de faire des spectacles de prestidigitation dans quelques-uns des plus grands parcs d'attractions américains, en particulier à Disneyworld, en Floride.

L'été, pendant les vacances scolaires, la location des films tournait au ralenti, et nous nous consacrions pleinement aux églises, aux camps et aux clubs bibliques de Toronto et de ses environs.

Mais ce rythme était exténuant, et je savais qu'il me fallait faire un choix. Allais-je continuer à enseigner à plein temps ou devrais-je démissionner de ce poste et voyager avec Paul ?

Chapitre neuf

Lettre d'un ami

« Je t'écris pour te dire à quel point je m'intéresse à toi
Et combien je voudrais que tu me connaisses mieux... »

J'étais face à un dilemme : continuer à enseigner, ou voyager avec mon mari. J'optai pour la seconde solution. Mais au cours de l'une de nos expéditions, en juin 1966, le Seigneur obtint toute mon attention d'une façon très spectaculaire. Cela se passa sur une autoroute en Pennsylvanie, aux États-Unis.

Nous revenions de vacances et d'une convention lorsque nous fûmes pris dans une tornade. Les animaux furent projetés en l'air et nous vîmes avec horreur une fourgonnette roulant devant nous et remplie de religieuses être poussée en bas de la colline. Nous étions totalement impuissants, et bien que nous ayons ensuite signalé l'accident, nous ne sûmes jamais ce que ces pauvres femmes étaient devenues. Paul fit tout son possible pour maintenir la voiture sur la route. Nous finîmes par trouver refuge sous un pont autoroutier.

Le lendemain, alors que nous étions encore sous le choc de cette terrible expérience au cours de laquelle nous avions frôlé la mort de près, je m'assis, je pris mon stylo, et ces mots jaillirent sur ma feuille :

Lettre d'un ami

Je t'écris pour te dire à quel point je m'intéresse à toi
Et combien je voudrais que tu me connaisses mieux.
Quand tu t'es réveillée ce matin,
j'ai fait briller un soleil radieux par ta fenêtre.

Je voulais attirer ton attention.
Tu n'y as pas pris garde.
Plus tard, je me suis arrangé pour que tu marches
et que tu parles avec quelques amis.
Je t'ai baignée de rayons de soleil.
J'ai parfumé l'air de douces fragrances naturelles.
Tu n'y as pas pris garde.
Tu ne m'as pas remarqué.
Alors, je t'ai appelée en criant dans une tornade.
Je t'ai peint un bel arc-en-ciel dans la nue.
Tu m'as jeté un bref regard,
mais tu ne m'as toujours pas prêté attention.
Ce soir-là, j'ai fait briller des rayons de lune
sur ton visage.
J'ai fait souffler une brise fraîche
pour te délasser et te réconforter.
J'ai veillé sur toi pendant ton sommeil.
J'ai partagé tes pensées.
Tu étais à peine consciente de ma proximité.
Je t'ai choisie.
J'ai une tâche particulière pour toi.
J'espère que tu me parleras bientôt.
C'est moi qui t'ai gardée dans la tempête
où les autres ont péri.
Je reste près de toi.
Je suis ton ami.
Et je t'aime beaucoup.

Ton ami, Jésus.

Je lus le poème à Paul et nous discutâmes de sa signification. Nous vivions à cent à l'heure, et nous le savions. Avions-nous besoin de ralentir, ou même de nous arrêter pour réfléchir ? Devions-nous changer de cap ?

Pendant quelque temps, nous gardâmes notre rythme de vie. Tout d'abord, nous aimions passer nos hivers aux États-Unis et faire de grands voyages, et j'appréciais beaucoup notre vie trépidante. Pendant l'hiver et le printemps de 1968, j'accompagnai constamment Paul dans ses déplacements, jusqu'à la naissance de notre bébé.

Christina, dite Tina, naquit le 25 mai 1968. Comme j'étais très faible, ma mère vint séjourner avec nous. Je semblais être devenue insensible à la douleur et j'eus une violente réaction aux médicaments – comme une sorte de crise d'épilepsie – à la naissance de Tina. À un moment, mon cœur cessa de battre. Il s'avéra que j'avais contracté une méningite cérébro-spinale lorsque je fus frappée par la foudre quatre ans plus tôt, et les médecins m'avertirent que je devais m'attendre à avoir des problèmes de santé de ce type tous les sept ans environ. Je devais à tout prix éviter de me surmener ou d'être trop stressée.

Tout cela ne nous empêcha pas d'avoir un joli bébé, et dès que je fus remise, cette petite vie éveilla mon instinct maternel. Quant à Paul, il devint un père merveilleux. L'été suivant, je me remis à le suivre dans ses expéditions. Cette fois, nous emmenions un bébé avec nous.

Ce ne fut qu'en 1970 que je finis réellement par admettre que nos vies avaient pris une mauvaise direction. Paul gagnait beaucoup d'argent en faisant du travail laïque, mais notre situation financière ne s'améliora pas. Je me rendais bien compte que notre entreprise de location de films battait de l'aile lorsque nous la laissions aux mains d'étudiants du collège ; nous ne « veillions pas assez au grain ». Nous étions trop longtemps absents. Je me faisais également du souci en constatant que Paul considérait son ministère chrétien avec quelque cynisme. D'un côté, il avait des excuses. Les églises ne le payaient pas ponctuellement, et la rétribution qu'elles offraient était beaucoup plus modeste que celle qu'il recevait dans le monde laïque. La manière dont les églises traitaient parfois les orateurs de passage tels que nous le rendait amer.

Notre fille cadette, Paula, naquit en janvier 1971. Une autre vie nouvelle.

Les années filaient comme l'éclair, et nos vies se dégradaient tout aussi vite. Comme je devais m'occuper de mes deux filles, j'étais obligée de rester chez moi et cela me contrariait d'aller retrouver Paul dans quelque ville lointaine des États-Unis. Nous habitions une jolie maison à Don Mills, l'une des plus agréables banlieues de Toronto. Nous avions une piscine, deux voitures flambant neuves et des cartes de crédit dont nous faisions grand usage. Mais ce qui nous manquait, c'était une vie de famille normale.

La tension entre Paul et moi s'accrut. Nous avions l'impression de nous éloigner de plus en plus l'un de l'autre.

Ce fut en revenant de l'Indiana que Paula – âgée d'environ trois ans à l'époque – attira mon attention. Nous traversions un aéroport lorsqu'elle s'affala sur le sol et ne put se relever. Elle avait la scarlatine. Paul la hissa sur ses épaules et nous repartîmes. Pendant un court instant, je repensai à la plage et aux empreintes dans le sable, et j'eus conscience que Dieu nous portait toujours. Il était grand temps que nous reprenions notre marche avec lui.

J'eus l'impression d'entendre Dieu me dire : « Tu continues à ne pas faire attention à moi... J'espère que tu me parleras bientôt. »

Chapitre dix

Épreuves

Là où une seule personne a marqué le sable de ses pas,
C'était moi qui te portais.

Notre décision était prise. La famille Powers ne parcourrait plus les États-Unis de long en large pour faire des tours de prestidigitation laïques. Depuis longtemps déjà, j'avais prié pour que nous cessions de vivre à la manière d'Hollywood comme nous le faisions depuis de nombreuses années. Une joute verbale, engagée sur une autoroute de Los Angeles un jour où nous tentions de nous faufiler dans les embouteillages du vendredi soir, précipita notre décision.

Nous devions retrouver des amis pour dîner, mais en route, j'explosai : « Je vais te quitter et emmener les filles avec moi ! » Paul fut stupéfait, et moi aussi ; je ne parvenais pas à croire que j'avais prononcé ces mots. Nous parvînmes à sauver la face pendant le dîner, et en retournant chez Redd Harper, où nous logions, nous nous mîmes à faire le point sur notre situation. Nous nous aimions, nous raffolions de nos enfants, nous étions enfants de Dieu et nous exercions un ministère. « Tout cela devrait passer en premier, Paul », lui rappelai-je doucement. Ce soir-là, nous priâmes et confiâmes nos vies et notre avenir à Dieu. Nous demandâmes aussi à notre vieil ami Redd de prier pour que nous sachions discerner quelle direction nos vies devaient prendre.

Dès notre retour à Toronto, nous découvrîmes une montagne de factures en attente. « Tu veux bien t'en occuper, Margie ? dit Paul. Tu sais que ce n'est pas mon fort. » Oui, je le savais, mais qu'il fut difficile de tout régler ! Ensemble, nous nous consacrâmes à notre ministère d'été, mais nous traversâmes des épreuves telles que nous n'en avions jamais connues avant.

Notre entreprise de films s'effondra et on nous conseilla vivement de vendre notre fonds de commerce. Nous nous accrochâmes, espérant que les affaires reprendraient pendant les vacances d'été. Mais l'automne arriva sans que notre espoir se soit réalisé. L'hiver 1972 s'annonçait rude.

Lorsque nous avions déclaré à Dieu que nous le placerions en premier dans notre vie et que nous renoncerions à notre ancien style de vie, nous n'avions jamais pensé que nous nous trouverions à court d'argent. Pauvres, nous ? C'était inconcevable.

Je pressai Paul d'essayer de récupérer une partie de l'argent que huit églises de la région de Toronto nous devaient pour des rassemblements d'enfants que nous avions organisés en automne. Personne ne l'avait payé à ce moment-là. Ce fut la journée la plus humiliante de sa vie ; il ramena moins de quarante dollars.

Découragé, Paul me tendit l'argent en rentrant, afin que je puisse aller faire les courses. « Sois prudente, Margie, me prévint-il. C'est tout ce qu'il nous reste. J'ai mis de l'essence dans la voiture pour que nous puissions nous rendre à la ferme. » Nous projetions d'aller chez mes parents le lendemain matin afin de passer le jour de Noël en famille.

J'habillai les filles et nous partîmes faire des courses. Deux heures plus tard, nous étions de retour. J'estimais avoir fait de bonnes affaires, mais Paul se fâcha lorsque Tina lui montra un rouleau de papier cadeau doré.

Fou de rage, il me reprocha en hurlant d'avoir été trop dépensière. Au dîner, l'atmosphère fut glaciale, et nous chipotâmes dans nos assiettes. Les yeux bleus remplis de larmes de la petite Tina reflétaient la tristesse que nous ressentions tous.

Je descendis avec Paul dans son bureau pour emballer quelques cadeaux. Tina voulut nous aider. À un moment donné, Paul lança d'un ton sarcastique : « Tina, tu peux remonter chercher ce papier doré pour lequel ta mère a gaspillé de l'argent ? »

Je n'avais déjà pas le moral, mais cette dernière pique m'acheva. Comme Tina tardait à redescendre, Paul se rua dans l'escalier. Je le suivis. Tina était assise dans une alcôve, à l'entrée du salon. Autour d'elle, le sol était jonché de chutes de papier doré et de trois paires de ciseaux. Elle avait mis des morceaux de ruban adhésif un peu partout, même sur la moquette. Le rouleau de papier cadeau entier y était passé. Elle avait essayé d'envelopper quelque chose qui ressemblait à une boîte à chaussures.

Le visage de Paul se convulsa de rage. Il traversa la pièce en courant, la saisit par le bras et la souleva du sol en lui lançant de grandes claques. Les hurlements et les sanglots de Tina lui firent prendre conscience de sa brutalité et il s'arrêta brusquement. Il la lâcha et elle tomba par terre, terrifiée et en larmes.

J'étais atterrée. Était-ce là le Paul qui prétendait aimer Dieu et les petits enfants ?

Paul eut l'impression de revenir en arrière, au temps où il avait été gravement maltraité par son père ivre et déchaîné. Par la suite, il confessa que durant tout le reste de la soirée, il pensait sans cesse : *Tu es exactement comme ton père... tu n'es qu'un lâche qui s'attaque aux petits enfants... comme ton père... tu ne vaux rien, rien, rien...*

Je mis Tina au lit et la réconfortai de mon mieux.

Le lendemain matin, alors que nous nous apprêtions à nous rendre à la ferme, Paul trébucha et faillit tomber sur la boîte que Tina avait enveloppée de papier doré. Encore irrité, il la repoussa du pied, mais à ce moment-là, Tina courut jusqu'à la boîte, la ramassa et revint vers Paul en courant. « Tiens, papa, c'est pour toi », murmura-t-elle.

Paul la prit et la secoua doucement. Elle était très légère et semblait vide. Elle était tellement bardée de ruban adhésif qu'elle était très difficile à ouvrir, ce qui commença à raviver sa colère. Il finit par arracher le couvercle, mais ce fut pour constater que la boîte était vide. À bout de patience, il dit d'un ton coupant : « Christina ! Ne sais-tu pas que tu dois mettre quelque chose dans la boîte avant de l'envelopper pour l'offrir ? »

Les joues baignées de larmes, la petite balbutia : « Mais, papa, j'y ai mis quelque chose ! J'ai mis plein de bisous dedans ! Elle est pleine d'amour, et elle est pour toi ! »

Une boîte vide, mais étrangement, merveilleusement pleine ! C'était *le* cadeau dont Paul avait le plus besoin. Là, dans le hall d'entrée, il tomba à genoux, pressa Tina contre lui, lui demanda pardon, puis il nous serra aussi contre lui, Paula et moi, et il nous présenta également des excuses. Il sanglotait profondément, du fond du cœur.

À ce moment-là, Paul connut une véritable guérison intérieure. Sa vieille ennemie, la colère, disparut. Il supplia Dieu de lui venir en aide, et il fut exaucé.

Mais j'avais aussi ma part de responsabilité. Je m'étais fâchée contre lui et je l'avais poussé à bout. « J'ai contribué à tout cela, Paul, avouai-je, mais nous nous aimons, et je sais que Dieu va nous aider. »

Nous avons toujours cette boîte dorée, souvenir de l'un de nos *meilleurs* Noëls. Nous avions traversé de terribles épreuves, mais Dieu nous avait aidés à les surmonter.

Chapitre onze

Des ailes

Que ton amour est précieux, ô Dieu !
Sous tes ailes, les humains se réfugient.

Psaume 36.8

Les anges, nos fillettes les connaissaient bien. Tout d'abord, en hiver, nous aimions nous allonger dans la neige. En relevant et en abaissant les bras nous faisions des empreintes d'anges avec des ailes. Ensuite, bien sûr, nous leur parlions des anges. Lorsqu'elles étaient encore toutes petites, nous leur avons raconté les histoires bibliques qui les présentaient comme des assistants invisibles du peuple de Dieu. Mais un été, les anges devinrent bien réels pour nous.

Notre fille Paula venait d'avoir deux ans et commençait à parler. Nous nous rendions à une série de réunions au nord de Peterborough dans l'Ontario. Un ami nous appela peu avant notre départ pour nous dire : « Faites une halte chez nous. Nous pique-niquerons dans le jardin. »

Nous passâmes un agréable moment. Nous étions assis en cercle sur la belle pelouse de nos amis, derrière leur maison, et nous nous régalâmes. Le frère de notre hôtesse arriva sur sa Harley Davidson. Au lieu de la mettre sur sa béquille, il l'accota contre la maison.

Paula descendit de mes genoux et, à notre insu, joua près de la roue avant de la moto. Tout se passa si vite : elle qui jouait et batifolait gaiement une seconde avant se mit à hurler à pleins poumons, écrasée par la moto qui venait de basculer sur elle.

Tout le monde se leva d'un bond et accourut vers elle. Les hommes soulevèrent la moto pour la libérer. De toute évidence, elle était grièvement blessée ; une arête métallique l'avait heurtée à la tête et avait causé une profonde blessure. Paula poussa des cris déchirants lorsque Paul la prit dans ses bras et courut vers la voiture. Il y avait du sang partout. « Ô Seigneur, aide-nous et épargne-la ! » suppliais-je Dieu sans arrêt. Frappée de panique mais, fait notoire, encore maîtresse de moi, j'avertis Paul : « Garde la main sur sa tête. Appuie pour arrêter l'hémorragie. »

Je montai dans la voiture et Paul me tendit Paula. Ses petites mains s'agitaient et tout son corps tremblait sous le choc. J'essuyai le sang sur l'une de ses menottes, mis son petit pouce dans sa bouche et le maintint contre son palais.

Quelqu'un appela immédiatement l'hôpital et expliqua que nous allions arriver. L'hôpital avertit aussitôt la police. Des policiers nous rejoignirent pendant que d'autres dégageaient l'autoroute, toutes sirènes allumées. À l'hôpital, l'équipe des urgences nous attendait. Paula fut emmenée à l'intérieur à toute vitesse.

Lorsque les médecins l'examinèrent, ils nous demandèrent de nous approcher. « Regardez ça, madame Powers », me dit l'un deux, et je m'exécutai. On aurait dit un puits profond. « Voilà sa blessure. Il est surprenant qu'elle soit vivante ! » J'avais pleinement conscience que c'était uniquement grâce à Dieu.

Si la blessure avait été un tout petit peu plus profonde, elle aurait perforé son cerveau. Il fallut lui faire treize points de suture, mais nous pûmes la ramener à la maison le soir même. Paul et moi, nous fûmes extrêmement impressionnés de constater la présence et la force du Seigneur.

Je mis Paula dans son berceau et m'installai sur une chaise à côté d'elle. Je restai éveillée, priant et remerciant Dieu d'avoir sauvé la vie de ma chère petite fille. À un certain moment, je sentis un souffle d'air frais sur mon visage et reculai. De nouveau, il y eut comme une brise légère. Paula remua un peu, ouvrit les yeux quand je me penchai sur elle et murmura : « Des ailes, maman, des ailes. »

Des ailes, maman, des ailes. Je m'assis et répétai les paroles de Paula. Elle poussa un petit soupir, et je l'entendis encore répéter : « Des ailes… des ailes.

– Ô Seigneur, merci, merci pour ce que tu as fait ! »

Je fis monter vers Dieu une nouvelle prière de gratitude pour ses tendres soins. Un peu plus tard, j'entrai dans notre chambre, réveillai Paul, et lui déclarai : « Les anges gardiens de Paula veillent sur elle. » Puis je lui racontai ce qui s'était passé.

« Laisse-moi m'asseoir auprès d'elle, maintenant, dit-il. Tu as besoin de repos. Elle va se remettre, mais laisse-moi veiller sur elle pour l'instant. »

J'acquiesçai, me couchai et m'endormis paisiblement. La dernière chose dont je me souvins, c'est de la brise légère et de la petite voix qui balbutia : « *Des ailes, maman, des ailes.* »

Chapitre douze

« Mes anges vont t'aider »

Car il chargera ses anges
de veiller sur tes chemins...

Psaume 91.11

La moto basculant sur Paula ne fut pas notre seule occasion d'éprouver l'efficacité de ses anges gardiens. Nous sommes intimement persuadés que des années plus tard, lorsqu'elle tomba dans le tourbillon et fut projetée dans les chutes au cours de l'été 1989, elle fut vraiment sauvée par miracle. Les chances que quelqu'un survive à une chute de vingt-trois mètres comme celle-là sont infimes. Paula s'y entendait pour donner du travail à ses anges gardiens.

Un jour, alors que nos filles étaient encore toutes petites, des amis vinrent nous retrouver chez nous pour que nous sortions dîner ensemble. Nous bavardions dans le hall d'entrée en attendant Paul. Il descendit les escaliers quatre à quatre, atteignit le palier et trébucha. Tout le monde entendit un craquement sinistre et comprit qu'il s'était cassé la jambe. Mais il insista tant pour sortir que personne ne put lui faire entendre raison. Au cours du dîner, sa jambe enfla considérablement. Malgré ses efforts pour ne rien laisser paraître, il était visible qu'il n'allait pas bien du tout et qu'il souffrait le martyre. À la sortie du restaurant, il s'appuya de tout son poids sur nos amis, Ernie et Phyllis.

« Paul, il faut te faire examiner », insistèrent-ils. Cette fois, il n'opposa plus d'objections. Nous décidâmes d'aller directement de l'hôtel à l'hôpital. Nos amis convinrent de reconduire nos filles à la maison et dirent qu'ils attendraient notre retour.

Avant de partir, Paula, âgée de sept ans à l'époque, déclara : « Papa, je voudrais prier pour ta jambe. » Elle posa ses mains sur la jambe, ferma les yeux et pria : « Seigneur, s'il te plaît, guéris la jambe de mon papa, parce qu'il n'a pas le temps d'être malade. » Puis elle leva les yeux vers Paul et affirma d'un air très convaincu : « Mes anges vont t'aider. »

Je conduisis la voiture en direction de l'hôpital, et pendant le trajet, je jetai un coup d'œil à Paul. Nous ne pouvions pas nous empêcher de nous sourire en évoquant la simple et merveilleuse foi de Paula. Mais ensuite, il leva sa jambe endolorie, la regarda et avoua : « Margie, de la rotule à la cheville, elle est *vraiment très enflée.* »

Il nous fallut huit minutes pour aller de l'hôtel à l'entrée des urgences de l'hôpital. Je me précipitai hors de la voiture et en fis le tour jusqu'à l'autre portière. « Reste assis, Paul, proposai-je. Je vais aller chercher un fauteuil roulant et un infirmier. Peux-tu sortir ta jambe ? Doucement... doucement... » avertis-je. Je me baissai pour l'aider ; en relevant la jambe du pantalon, je vis que l'enflure avait disparu. Paul eut l'air stupéfait et tenta prudemment de plier la jambe pendant que je regardai en silence, très impressionnée.

« Margie ! Je n'ai... je n'ai plus mal. Je peux plier la jambe ! Et regarde, elle n'est plus enflée ! »

Nous nous dévisageâmes avec stupéfaction. « Dieu a répondu à la prière de Paula, dit-il doucement. Merci, Seigneur, et merci à vous, les anges ! »

J'insistai tout de même pour qu'il entre et qu'on fasse une radio de sa jambe. Elle révéla que tout était normal. Pas la moindre petite fracture. Le médecin et les infirmières de garde furent aussi étonnés que nous lorsque nous leur racontâmes ce qui s'était produit.

Sur le chemin du retour, nous hochions la tête sans arrêt. « Je n'arrive pas à y croire », répétions-nous. Non que nous n'ayons pas la foi pour croire que Dieu peut ressouder instantanément des os brisés, mais c'était si bouleversant !

À notre arrivée à la maison, nos amis, Tina et Paula se précipitèrent vers la voiture. « Papa, papa ! crièrent les filles.

– Comment, Paul, c'est toi qui conduis ? s'écria Phyllis.

– Pourquoi êtes-vous déjà de retour ? demanda Ernie.

– Je sais pourquoi, moi », déclara timidement Paula en serrant son papa très fort contre elle.

Elle aurait pu ajouter : « Je vous l'avais bien dit ! »

Chapitre treize

La vérité sort de la bouche des enfants

De la bouche des enfants…
tu fais jaillir la louange…

Psaume 8.3

Au fil des années, pendant nos voyages, Paul lut mes poèmes en maintes occasions. Souvent, ils étaient publiés dans les bulletins des églises. Quant aux messages de Paul, ils étaient souvent enregistrés.

Durant cette période, j'ai aussi écrit de nombreux chœurs, et nous les avons appris au cours de nos pérégrinations. C'étaient des petits chants entraînants dont les enfants et les adultes se souvenaient facilement.

Dans l'État de New York, j'appris aux gens la musique du célèbre *Rois des rois.* En fait, Paul avait appris l'air de ce chant lors de l'un de ses voyages en Israël ; aussi écrivis-je les paroles de *Roi des rois, Seigneur des seigneurs.* C'est aussi à cette époque que, comme Paul avait pris un peu de poids et que les filles et moi faisions ce que nous appelions nos « airs d'aérobic », j'inventai un chœur amusant que tout le monde apprécia beaucoup et qui s'intitula « Ho, ho, ho, hosanna ! » Il devint vite populaire. Quelques mois plus tard, au cours d'un voyage sur la côte ouest, nous nous aperçûmes que les gens chantaient déjà ce petit air dynamique et qu'ils le répandaient autour d'eux. « Paul, je suis heureuse et reconnaissante que ces chœurs circulent aussi rapidement dans le pays », déclarai-je.

Nos filles grandissaient et participaient aux réunions. Nous leur avions fait don de poupées pour ventriloques.

Tina avait nommé la sienne Cindy ; Paula pensait que la sienne devrait s'appeler Heather. C'est ainsi qu'elles se mirent à nous aider dans notre ministère. Peu de temps après, Paul eut lui-même sa marionnette de ventriloque, nommée TJ (Timmy Jimmy). Par la suite, il lui adjoignit Rusty, qui devint son fidèle compagnon jusqu'à ce qu'on le lui vole. Puis, au travers de circonstances orchestrées par Dieu, Paul acquit Andy, qui lui ouvrit les portes de nombreux endroits où sa famille et lui n'auraient jamais été admis autrement. Nous étions, dans tous les sens du terme, une véritable équipe familiale.

Ce fut en 1975, au retour d'un voyage en Israël, que Paul connut une « attaque de stress » (c'est le nom que lui donnèrent les médecins qui le soignèrent). On lui ordonna de réduire ses activités et de se reposer. Notre entreprise de films déclinait et lorsqu'une librairie chrétienne de Toronto nous offrit de nous la racheter, nous acceptâmes aussitôt. C'était celle où Paul avait travaillé pendant les années soixante, et voilà qu'on lui proposait de s'occuper de la location de films en tant que salarié. J'y contribuai à temps partiel et m'occupai de la comptabilité. Pendant les sept années suivantes, nous travaillâmes ainsi et poursuivîmes notre ministère au Canada et au nord des États-Unis

Toutefois, « réduire nos activités » ne semblait pas faire partie de notre vocabulaire. Notre ministère auprès des enfants nous donnait de voir tant de besoins et nous offrait de si nombreuses occasions de service que nous ne pouvions pas nous permettre de ralentir. Nous quittions la librairie pendant deux mois chaque année, en juillet et en août, pour tenir des clubs bibliques quotidiens dans la région. Et comme la location de films tournait au ralenti pendant cette période, le système fonctionnait parfaitement.

Souvent, notre programme était surchargé, sans que nous le voulions. Une fois de plus, Dieu se servit de nos filles pour attirer notre attention à l'essentiel. Cela se passa un été dans une église de Fergus, où nous étions venus enseigner. Tina, âgée de huit ans à l'époque, participait aux réunions avec nous, alors que Paula, qui n'avait que cinq ans, restait dans notre caravane avec une baby-sitter. C'était une fillette épanouie, qui respirait la joie de vivre.

Un jour, vers midi, Paul retourna dans la fourgonnette afin d'aller chercher un accessoire oublié. Il s'arrêta pour parler à Paula, qui jouait à l'ombre d'un arbre avec une petite crèche qu'il lui avait rapportée d'Israël. Il baissa les yeux vers les personnages et demanda : « Ma chérie, où sont Marie et Joseph ? Je ne les vois pas.

– Ne t'inquiète pas, papa, répliqua Paula. Marie et Joseph sont partis à une série de réunions, et les trois mages servent de baby-sitters à Jésus. »

Paul en fut comme foudroyé. Il resta cloué de stupéfaction. Lorsqu'il revint à la voiture où je l'attendais, il balbutia : « Écoute ce qui vient d'arriver, tu ne vas pas le croire ! » Il semblait très secoué.

« Tu es sûr que ça va bien ? lui demandai-je en lui posant la main sur le bras.

– Oui… oui, ça va, mais écoute, j'ai l'impression que le Seigneur s'est servi de notre fille pour avoir notre oreille ! » Et il me raconta la conversation qu'il venait d'avoir.

« Quand je l'ai quittée, elle a ajouté : Ça va, papa. Marie et Joseph sont exactement comme maman et toi – toujours absents. »

Je répétai les paroles de Paula : « Marie et Joseph sont exactement comme maman et toi – toujours loin. Paul, c'est mignon, mais ce n'est pas drôle.

– Je sais », répliqua-t-il en me regardant du coin de l'œil. Son visage était décomposé. Une fois de plus, je devinai que Paul pensait à son enfance solitaire.

Ce soir-là, comme Paul et moi reprenions cette conversation, il commenta : « Margie, crois-tu que le Seigneur nous dit : *Arrêtez et sachez que je suis Dieu ?* »

Nous en discutâmes. Au cours de nos réunions, nous incitions toujours les parents à consacrer du temps à leurs enfants. Il nous fallait regarder la vérité en face. Nous étions trop occupés, et ce n'était pas seulement à cause des besoins de notre ministère. Nous recevions un bon salaire pour ce que nous faisions, et nous avions mis au point une méthode de paiement qui fonctionnait parfaitement. Mais à cause de cela, nos filles ne recevaient pas toute l'attention dont elles avaient besoin.

« Il est temps de mettre en pratique ce que nous prêchons », conclut Paul, et il avait raison.

Nous mîmes au point des « soirées familiales » spéciales lors de nos déplacements. C'étaient nos filles qui en établissaient le programme. Jusqu'à ce jour nous avons gardé cette pratique. Nous avons promis à Dieu, à nous et à nos enfants que malgré les exigences du ministère, nos filles seraient toujours au centre de notre amour et de nos préoccupations. Nous croyons que c'est ce que Dieu veut, car c'est lui qui a créé la cellule familiale. Jamais plus nos filles n'auraient l'occasion de dire que nous étions toujours absents.

Dans le livre de mon mari, *Too Tough to Cry* (Trop endurci pour pleurer), il fit allusion à cet incident qui marqua nos vies, et il écrivit : « Dieu défend aux parents de condamner leurs enfants à la solitude parce qu'ils sont surmenés, de les maltraiter ou de les négliger. Malheureusement, c'est ce qui arrive trop souvent. »

À la fin des années soixante-dix, nous nous efforçâmes de discerner la volonté de Dieu au sujet de l'une des décisions les plus importantes de notre vie. Nous sentions, pour de nombreuses raisons, qu'il était temps de partir ailleurs. Mais cela impliquait que nous laissions tant de choses derrière nous ! Nous étions déchirés intérieurement. Qu'étions-nous censés faire ?

Chapitre quatorze

Le jour du déménagement

Lorsque la conduite de quelqu'un lui plaît,
l'Éternel lui donne d'affermir sa marche dans la vie.
Psaume 37.23

Une nouvelle décennie. Une nouvelle vie. Nous étions en juillet 1980, et le jour de notre déménagement était arrivé.

Nos meubles et nos affaires furent empilés dans le camion de déménagement. Nos voisins, les membres de notre famille et nos amis étaient assis calmement dans la maison. Chacun appréhendait le moment des embrassades et des adieux. « Il faut que nous fassions un saut chez le notaire pour signer quelques documents et les prendre avec nous, déclara Paul. Restez tous là, ne vous sauvez pas, nous n'en avons pas pour longtemps. »

Nous sautâmes dans notre fourgonnette et Paul démarra en trombe. Non seulement nous prîmes des cartons de matériel, nous signâmes l'acte de vente de notre maison. Les six cartons du notaire furent empilés dans la fourgonnette déjà pleine à craquer. Puis, la dispute commença : « Paul, tu sais que nous devons prendre ces boîtes dans notre voiture. Elles sont beaucoup trop précieuses pour que nous les mettions dans le camion de déménagement.

– C'est hors de question, dit-il d'un ton ferme sans même m'accorder un regard. Nous avons quatre mille kilomètres à parcourir – Vancouver est très loin d'ici, tu sais, Margie – et nous avons besoin de place disponible dans cette fourgonnette. Tu ne vas pas la remplir jusqu'au plafond avec tes boîtes.

– Mais si, il le faut ! ripostai-je. Paul, les affaires qui sont dans ces boîtes sont absolument irremplaçables. Si elles étaient perdues... » J'en restai sans voix. Paul avait une expression résolue et il continua à conduire en secouant la tête.

J'avais hésité à déménager. À certains moments, j'étais enthousiaste, à d'autres, je n'étais plus très chaude à l'idée de m'installer en Colombie Britannique. Cette histoire était la goutte d'eau qui faisait déborder le vase. Je n'avais vraiment pas besoin de cette contrariété supplémentaire. J'étais déjà suffisamment énervée sans cela. Je fis une ultime tentative... « Paul, l'une de ces boîtes contient mes poèmes – tous mes poèmes, Paul, tout ce que j'ai écrit. Il y a aussi nos diplômes, tes livres de prestidigitation, nos récompenses...

– Écoute, Margie, dit-il gentiment mais fermement, tout ce que contient le camion de déménagement est précieux pour nous. Les entreprises de déménagement s'engagent à tout livrer à bon port ; on peut leur faire confiance. Allez, viens, calme-toi », ajouta-t-il en tendant la main pour me caresser la joue. Ce geste de réconfort et l'expression tendre de son visage lorsqu'il chercha mon regard eurent raison de ma résistance.

Nous descendîmes de la fourgonnette et portâmes les boîtes bien fermées dans le camion de déménagement. « Plus que quelques boîtes, les gars, et ce sera complet ! lança Paul.

– Nous sommes fin prêts ! » s'écria le conducteur du camion.

Paul et moi, nous fîmes une dernière inspection rapide de la maison afin de nous assurer que rien n'avait été oublié. Nos amis, nos voisins et les membres de notre famille n'étaient plus assis par terre ; disséminés en petits groupes, ils s'apprêtaient à nous faire leurs adieux. Pendant toute la journée, je m'étais efforcée de retenir mes larmes. Plus d'une fois, j'avais dû battre en retraite en toute hâte à la salle de bains, j'avais verrouillé la porte et je m'étais tamponné les yeux. Mais à ce moment-là, ce fut le déluge. Regarder les chers visages qui m'entouraient ne m'aidait pas, car ils pleuraient aussi. Il n'est jamais facile de faire ses adieux. Nous avions vécu dans cette maison pendant treize ans, nous en avions fait un foyer chaleureux, et voilà qu'il fallait le laisser

… nous avec tous nos bien-aimés pour partir en terri… inconnu.

Cet après-midi-là, alors que nous nous éloignions et que tout le monde agitait la main en nous soufflant des baisers et en nous criant une dernière fois au revoir, je dus me ressaisir et repenser à la raison pour laquelle nous agissions ainsi.

Notre sentiment de malaise avait débuté quelques mois plus tôt. En réalité, c'était au cours de l'automne de l'année précédente que nous avions commencé à partager ce que nous ressentions. « Cela fait près de quinze ans que nous visitons les mêmes églises et les mêmes camps, année après année, dit Paul. Peut-être est-il temps de changer. De plus ici, dans l'Ontario, les hivers sont longs et froids… »

Je devais admettre qu'il avait raison. À peu près deux fois par an, Paul attrapait invariablement une pneumonie. « Et tu te souviens de tous ces pavillons et de toutes ces nouvelles églises que nous avons vus se construire à Vancouver lorsque nous y sommes allés l'an dernier ? Nous parlons souvent de nous engager dans un ministère à plein temps. Si nous voulons le faire, nous devons nous décider avant que les filles soient plus grandes, rappelai-je à Paul. Tina va bientôt entrer au collège, et elle devra changer d'établissement de toute façon. »

Nous reprîmes souvent cette discussion. « Mettons la maison en vente. Nous verrons bien ce qui se passera. Ce sera un signe. Une sorte de toison de Gédéon », suggérai-je.

Mais en septembre, aucun acquéreur ne se présenta, et nous mîmes en attente notre projet de déménagement. Toutefois, nous continuâmes à prier, demandant à Dieu de nous montrer clairement sa volonté pour nos vies.

En discutant avec des amis lors d'une conférence pastorale, Paul apprit que la Colombie Britannique était considérée comme la « nouvelle frontière » du ministère au Canada. En se souvenant de l'accueil enthousiaste que nous avions reçu lorsque nous y avions exercé notre ministère, Paul acquiesça. Il rentra à la maison et aborda le sujet une fois de plus. « La Colombie Britannique est en plein essor !

s'exclama-t-il. Quelles possibilités pour notre ministère, Margie ! » Ses yeux brillaient.

Paul et ses amis pasteurs s'étaient retrouvés à cette conférence pour prier au sujet de notre éventuel déménagement et de notre désir de nous engager dans le ministère à plein temps. J'y avais beaucoup réfléchi et j'en avais fait un sujet de prière. J'avais regardé Paul et je lui avais dit : « Paul, nous pouvons le faire. Tout ce dont nous avons besoin, c'est de foi. »

De nouveau, la maison fut mise en vente, cette fois en mai. Une autre toison – la même qui avait échoué sept mois avant. Mais cette fois, la maison fut vendue à la fin du mois de juin. Notre famille était en pleine effervescence !

« De quoi allons-nous vivre, Paul ? m'étais-je inquiétée avant de remettre la maison en vente. Tu sais qu'il faut du temps pour démarrer un ministère à plein temps. »

Paul ne tarda pas à résoudre ce « problème ». Ou, plus exactement, une fois de plus, le Seigneur orchestra les événements de notre vie d'une manière telle que nous constatâmes que ses empreintes avaient précédé les nôtres. Une entreprise de location et de vente de films chrétiens de Vancouver nous proposa du travail. Paul fut chargé de promouvoir une série de films sur la famille animés par le docteur James Dobson. « Et, bien sûr, lui dit-on, vous serez notre représentant pour tous nos autres produits. » Tout était parfaitement minuté.

Voilà à quoi je songeais lorsque notre fourgonnette lourdement chargée démarra. Nous jetâmes un dernier regard en arrière vers notre rue et notre quartier familiers. « Ça y est, nous sommes en route, s'écria Paul. Et maintenant, tous ensemble : *Vancouver, nous arrivons !* »

Chapitre quinze

Manquant ! Disparu ! Perdu !

« Lorsque plus rien ne va, que tu es éprouvé,
Que ta route est pénible et monte sans arrêt,
Continue le combat quand tu es accablé,
C'est lorsque tout va mal que tu dois t'accrocher. »
d'après Edgar A. Guest.

Nous nous prélassions au bord de la piscine de l'hôtel mondialement connu de Banff Springs dans la belle province de l'Alberta. Nous nous étions accordé un répit bien mérité avant de nous atteler à la tâche qui nous attendait à Vancouver. Comme la camarade de classe de Tina travaillait à l'hôtel pendant l'été, nous avions une excuse supplémentaire pour y passer le week-end. Nous nous relaxâmes à fond ; la longue traversée du Canada était terminée.

« Allons à Lake Louise », proposa Paul. Nous nous y rendîmes, et nous y rencontrâmes Cliff et Billie Barrows. Cliff faisait partie de l'équipe de Billy Graham. C'était un frère dans la foi que nous appréciions beaucoup.

Nous reprîmes ensuite la route, et je m'inquiétai une fois de plus pour les cartons que nous avions glissés dans le camion de déménagement à la dernière minute. « Tu sais que tout sera sorti du camion et entreposé pendant un mois, Paul, dis-je. J'espère que nous ne perdrons rien !

– Margie, tu t'es inquiétée à ce sujet pendant tout le trajet ?

– Euh... oui, je dois l'admettre, répondis-je. Oh ! je sais ce que tu vas me dire, 'femme de peu de foi', c'est ça ? » J'essayais de prendre un air dégagé.

Paul tendit la main pour me câliner. « Mais non, tu ne manques pas de foi, Margie ; tu es humaine, et c'est normal que tu t'inquiètes. Dieu comprend tes sentiments. Mais nous allons tâcher de clore ce moment de détente en prenant du bon temps, d'accord ? »

J'opinai en signe d'approbation.

Ces précieuses et brèves vacances furent trop vite terminées. Nous arrivâmes à Vancouver la première semaine d'août et nous trouvâmes un logement provisoire pour un mois, jusqu'à ce que nous puissions emménager dans une maison que nous comptions acquérir le premier septembre. Hélas, cette maison nous échappa, et il nous fallut chercher autre chose.

Enfin, un beau jour, nous pûmes emménager ! Toutes nos affaires étaient là, affirma l'entreprise de déménagement. J'arpentai les pièces pour faire l'inventaire de nos boîtes. Voyant mon inquiétude, l'un des hommes décréta : « Tout est là, m'dame », tout en essuyant son front moite. Paul signa les papiers et ils partirent.

Au milieu des meubles et des piles de cartons, nous entreprîmes de déballer nos affaires et de tout mettre en place. Mais où étaient passées les boîtes que nous avions glissées dans le camion à la dernière minute ?

« Tu finiras par les retrouver, chérie, me rassura Paul. Continue à déballer. »

C'est ce que je fis, aidée par Paul et les filles. Lorsque Tina et Paula retrouvaient leurs affaires favorites, elles poussaient des cris de joie.

« Oh non ! Regarde cette lampe ! » grognai-je en m'apercevant qu'elle était cassée. Lorsque j'entrepris de déballer la porcelaine, ma déception fut à son comble. Évidemment, les déménagements comportent toujours des risques, et nous nous en apercevions à nos dépens.

Le lendemain, lorsque la plupart des boîtes eurent été rangées là où elles devaient être et que j'eus presque tout déballé, je ne trouvai toujours pas trace des six cartons venant du bureau du notaire. Nous fouillâmes partout. En vain. « Paul, ils ne sont pas là. Il faut bien se rendre à l'évidence : ils ont disparu. »

Paul se mit alors à s'accuser. « Margie, je m'en veux terriblement. J'aurais dû t'écouter. Dès que le téléphone sera branché, j'appellerai les déménageurs. » Il tentait de m'apaiser et de se rassurer lui-même. « Souviens-toi que tes poèmes ont été enregistrés par notre notaire de Toronto. S'ils ne réapparaissent pas, nous le contacterons. »

Semaine après semaine, nous adressâmes des réclamations à la compagnie de déménagement. Les mois passèrent. Ma déception ne fit que croître. On ne cessait de nous répéter : « Nous avons entrepris des recherches. Vos cartons finiront bien par réapparaître quelque part. »

J'avais projeté de passer du temps à regrouper mes poèmes pour les faire publier après notre déménagement, et voilà que je n'avais plus rien. J'étais alternativement furieuse et complètement écœurée. Lorsque je m'asseyais pour composer de nouveaux poèmes, je n'avais plus aucune inspiration. Pour moi, c'était une perte irrémédiable. Paul partageait mon chagrin, et il en était désolé, mais il lui était difficile de comprendre pleinement ce que j'éprouvais, bien qu'il ait perdu, lui aussi, des objets auxquels il tenait beaucoup. De plus, son nouveau travail était très prenant et il était sur la route la plupart du temps. Il avait de grandes responsabilités.

À la fin de cette première année à Vancouver, la compagnie de déménagements cessa ses activités. En 1982, nous n'avions toujours aucune nouvelle des cartons que nous avions perdus. Puis, nous apprîmes que la compagnie avait repris ses activités à Toronto. Nouveaux coups de fil. Pour finir, on nous informa que cette compagnie avait fait faillite. Tous nos espoirs étaient réduits à néant.

« Dieu a ses raisons d'avoir permis cette perte, Paul, dis-je lorsque je tentai de trouver un sens à ce qui s'était produit. Continuons à vivre. » Et c'est ce que nous fîmes.

Chapitre seize

Les contrevenants

Amertume, irritation, colère...
faites disparaître tout cela du milieu de vous.
Éphésiens 4.31

En 1983, Paul et moi emmenâmes nos filles avec nous à Holland à l'occasion du Congrès des Évangélistes Itinérants organisé par l'Association d'Évangélisation de Billy Graham. Sur le chemin du retour, nous passâmes par l'État de Washington. Tout à coup, nous nous trouvâmes nez à nez avec une copie du poème *Des pas dans le sable* exposée dans une librairie chrétienne ! Je fus clouée au sol de stupéfaction. J'étais absolument consternée.

Nous achetâmes la plaquette pour la comparer à mon poème, que j'avais retenu et reproduit de mémoire après l'avoir perdu.

Nous nous aperçûmes qu'il était extrêmement proche du texte original. La femme qui prétendait l'avoir composé avait apposé son nom et son adresse au dos de la plaquette, et je lui écrivis aussitôt. Ce fut son mari qui répondit, en disant qu'ils ne voleraient jamais rien et que nous devions cesser de les harceler.

Les harceler ? Nous ne l'avions absolument pas fait. Je m'étais bornée à écrire une simple lettre d'explications. Ce fut le début d'une période de stress inimaginable.

Par la suite, nous retournâmes dans cette librairie et découvrîmes une douzaine d'autres poèmes de ma composition, tous calligraphiés sur des plaquettes. J'écrivis une nouvelle fois à la femme et à son mari. Je ne reçus aucune réponse. Comme nos lettres à ce couple nous furent retournées sans avoir été ouvertes, nous abandonnâmes la partie.

Quelques semaines plus tard, nous retrouvâmes le poème dans une librairie de Victoria. Cette fois, il était intitulé *Je fis un rêve*, titre que j'avais donné à la version originale. C'était une édition de qualité. En examinant de plus près les autres plaquettes et les signets, nous nous aperçûmes qu'ils étaient publiés par une grande maison d'édition américaine.

En rentrant chez nous, nous engageâmes un homme de loi de Vancouver, spécialisé dans les questions de droits d'auteur. Notre notaire de Toronto nous avait envoyé les numéros d'enregistrement de mes collections de poèmes. L'avocat de Vancouver réenregistra les documents et écrivit à l'éditeur pour lui faire part de cette information.

L'éditeur parvint à contourner le problème en prétendant que sa nouvelle directrice allait prendre contact avec nous. Lorsqu'elle finit par se manifester, ce fut pour nous informer qu'elle n'entreprendrait rien avant d'avoir les preuves de l'enregistrement du poème *Des pas dans le sable* lui-même. L'avocat lui avait déjà envoyé les numéros d'enregistrement des collections. Elle pinaillait et cela ne fit qu'ajouter à notre frustration.

Partout où nous nous tournions, nous tombions sur des reproductions du poème *Des pas dans le sable*. Quand ce n'était pas sur des tasses, c'était sur des assiettes. Nous l'avons vu sur des signets et des cartes de toutes tailles et de toutes les formes. Plaques, posters, calendriers, rien ne nous fut épargné.

Au cours d'un voyage en Californie, Paul et moi fîmes un petit tour en voiture sur la jetée de San Francisco pour nous délasser entre deux réunions. Là, un homme vendait une nouvelle version de *Des pas dans le sable* écrite à la main en grosses lettres sur des posters. Mais cette version était une paraphrase de l'original. Il s'agissait d'un homme qui racontait qu'il avait marché sur la plage avec son ami et qu'il lui avait promis de lui rester fidèle, mais que cet ami était mort du SIDA.

Nous tentâmes de discuter avec l'homme de la jetée, mais il se mit en colère. « Tout le monde s'en sert. Quelle importance ? Qu'est-ce qui me prouve que ce poème est de vous ? »

Des larmes roulèrent sur mes joues lorsque je vis quelle parodie c'était de la promenade que j'avais faite avec Paul sur la plage, et de la conversation qui m'avait inspiré *Je fis un rêve* en 1964.

Plus tard, nous nous rendîmes au sud de San Francisco pour aller à Carmel. Effarés, nous aperçûmes à la devanture d'une librairie une représentation de la Vierge Marie et d'une religieuse, accompagnée d'une version de *Des pas dans le sable* écrite en belles lettres calligraphiées, dépeignant une religieuse qui marchait à côté de la Vierge Marie ! Une fois de plus, en quittant la boutique, je ne pus retenir mes larmes.

Une autre fois, nous vîmes un exemplaire du poème dans lequel quelqu'un marchait avec un enfant. J'étais atterrée en constatant à quel point les gens prenaient des libertés avec quelque chose qui avait tant représenté pour Paul et moi. Une femme écrivit son autobiographie et prétendit que Dieu lui avait inspiré ce poème. Elle l'avait même fait mettre en musique. Je lui écrivis une lettre. Elle ne fit rien pour le retirer du marché ; à la place, elle m'envoya un exemplaire dédicacé de la partition musicale. Puis, quelqu'un en fit un patron d'ouvrage au point de croix. Je lui écrivis également. Aucune réaction.

Les gens tiraient trop d'argent de leurs productions pour y renoncer. Nous perdîmes du temps et de l'argent à essayer de redresser la situation, mais ce fut aussi vain que d'essayer de maîtriser un gigantesque incendie avec un petit extincteur.

Plus récemment, pendant que j'écrivais ce livre, je vis une nouvelle version de *Des pas dans le sable*. On y parlait d'empreintes de mains, et le sens du sacré qui marquait le texte original avait été ôté.

En discutant de ce qui arrivait et en priant à ce sujet, Paul et moi parvînmes à la conclusion qu'il s'agissait d'une contrefaçon de ce que Dieu m'avait transmis. Nous en parlâmes avec l'un de nos amis, médecin dans le Névada, qui nous dit : « Écoutez, je connais un homme de loi qui est associé avec un avocat de San Francisco spécialisé dans les questions de droits d'auteur. Peut-être devriez-vous le contacter. Peut-être est-il temps d'agir à une plus grande échelle et de voir si vous pouvez faire quelque chose pour mettre un terme à ces contrefaçons.

– Margie, nous ne devons pas nous laisser envahir par l'amertume, m'avertit Paul. Nous savons ce que Dieu dit à ce sujet. »

J'étais d'accord avec lui. « Je ne suis pas amère, Paul, je suis excédée, l'assurai-je. Du moins, je ne pense pas être amère. Je me sens frustrée, parce que je ne sais pas ce que nous devons faire. Comment réagir à ce genre de situation ? » La question resta sans réponse.

Finalement, nous décidâmes de demander à l'avocat de San Francisco de procéder par étapes pour s'assurer que le poème, dont j'avais enfin obtenu le copyright individuel, serait reconnu, et qu'on n'en ferait plus de contrefaçons.

Chapitre dix-sept

Le puzzle

Veillez à ce que personne ne passe à côté
de la grâce de Dieu,
qu'aucune racine d'amertume ne pousse...

Hébreux 12.15

Ma tante et ma mère vinrent nous rendre visite juste au moment où nous nous interrogions avec anxiété pour savoir que faire au sujet du poème *Des pas dans le sable.* « C'est comme tenter de rassembler les pièces d'un gigantesque puzzle », leur affirmai-je pour leur expliquer notre dilemme.

À ce moment-là, sur la table de la salle à manger, j'avais justement un puzzle de grande dimension que je passais des heures à essayer d'assembler. Tout en parlant à ma mère et à ma tante, je le montrai du doigt. « Comment va ton puzzle ? me demanda ma mère en désignant la table.

– Oh ! Quelquefois, il me rend à moitié folle ! répliquai-je en riant. Alors, je me lève, je vais faire le tour du quartier ou je vais travailler. Mais ensuite, j'y retourne toujours ! » Ma mère m'adressa un sourire complice.

« Un de ces jours, tu auras ta réponse », me dit-elle avec sagesse. Et cette fois, elle ne parlait pas du puzzle.

Quelques jours plus tard, après leur départ, j'annonçai fièrement à ma famille que j'avais terminé le puzzle. J'étais vraiment ravie. Il était superbe, à tel point que Paul et Paula décidèrent de l'encadrer pour l'offrir aux amis qui avaient gardé notre maison pendant que nous étions partis travailler en Australie et en Nouvelle-Zélande. « Ils vont être étonnés ! » se dirent-ils. Aussi, un jour où j'étais absente, ils entreprirent de le déplacer. Ils prirent de grandes précautions, mais tout d'un coup, il tomba en morceaux. Ils furent absolument consternés. Ils ne savaient pas comment s'en sortir. Ils se demandaient quelle allait bien être ma réaction.

Elle ne fut pas bonne. Lorsque je rentrai et découvris ce qui s'était passé, je le pris très mal. Bien que j'essayais de le cacher, je fus en colère pendant plusieurs semaines. Pire encore, je ressentis une grande amertume. Peu à peu, je finis par comprendre que j'avais laissé croître ce sentiment dans ma vie depuis longtemps sans avoir voulu l'admettre. En temps normal, une situation comme celle du puzzle ne m'aurait pas tourmentée. J'aurais éclaté de rire et lancé : « Nous n'avons plus qu'à recommencer, mais cette fois, il va falloir m'aider ! » Ce serait devenu un sujet de plaisanteries entre nous.

Mais ce n'était pas ainsi que les choses s'étaient passées. « Je ne veux plus jamais voir ce puzzle ni m'en occuper ! » avais-je lancé avant de quitter la pièce en pleurant.

Ce fut ma fille Paula qui vint me trouver. « Maman, tu es amère. Quelque chose te ronge. Il faut que tu t'en débarrasses… » Et elle ouvrit la Bible. Elle me mit le bras sur les épaules et lut dans Éphésiens 4.30-31 et Hébreux 12.14-15 : « N'attristez pas le Saint-Esprit de Dieu… Amertume, irritation, colère… faites disparaître tout cela du milieu de vous… Faites tous vos efforts pour être en paix avec tout le monde, et pour mener une vie de plus en plus sainte… Qu'aucune racine d'amertume ne pousse et ne cause du trouble… »

Je la remerciai de se soucier de moi au point d'oser me dire ce que je devais entendre. Nous nous étreignîmes et pleurâmes ensemble. Paula savait que j'étais écorchée vive. L'épisode du puzzle révélait clairement mon état intérieur, et Dieu lui avait donné la sagesse de le discerner, puis le courage de m'en parler.

Alors, je m'interrogeai : *Seigneur, que dois-je faire de la culpabilité que les autres devraient ressentir ? Pourquoi toute cette amertume et cette colère en moi ? Pourquoi suis-je si affectée par cette affaire ? J'ai pourtant essayé de ne jamais laisser le soleil se coucher sur ma colère… Je crois qu'il est important de régler ses problèmes. Aide-moi, Seigneur. J'ai besoin de discernement et de direction. Je ne sais plus où j'en suis.*

Chapitre dix-huit

Renoncement

Je me suis tourné vers l'Éternel, et il m'a répondu.
Psaume 34.5

Aucune voix audible ne retentit, mais Dieu répondit à mon appel de détresse.

Peu à peu, je compris à quel point il avait été difficile pour Paul de vivre avec ma déception et ma souffrance pendant toutes ces années. Notre ministère auprès des enfants était florissant et en pleine expansion et nous avions bénéficié de la bénédiction de Dieu sur nos vies. Pourtant j'avais toujours gardé un sentiment de perte irrémédiable lorsque mes poèmes, œuvre de toute ma vie, avaient disparu. Après ma conversation avec Paula, ce fut comme si Dieu me dévoilait une partie de ma vie que j'avais gardée scellée :

L'amertume, mon enfant, est liée à ceux qui te sont les plus proches. Ce sont eux qui subissent les retombées de tes émotions, de ta colère et de tes déceptions.

Ta fille, Tina, par exemple, n'a jamais dit à personne que tu avais écrit le poème Des pas dans le sable*, ou beaucoup d'autres qu'elle a vus publiés. Elle fait en sorte que ses camarades de classe n'en sachent rien. Pourquoi Margie, pourquoi ? L'amertume rejaillit sur un grand nombre de personnes. Ta fille chérie souffre de te voir souffrir. Elle ne sait pas très bien où elle en est, elle est troublée, mais comme ce qui est arrivé aux poèmes te blesse, elle refuse d'admettre qu'ils sont de toi.*

L'amertume est souvent fondée sur ce que les autres t'ont fait. Elle peut également être causée par le péché des autres, car tu estimes qu'ils s'en tirent à bon compte. Mais ne sais-tu pas, Margie, que rien n'est caché à mes yeux ?

Cela fait longtemps que tu traînes un lourd fardeau intérieur. Tu as l'impression qu'on a péché contre toi. Je sais combien tu es sensible. Mais tu as un problème, et tu dois t'en décharger.

Tu n'as pas voulu laisser ton fardeau ; tu t'y es habituée.

Je sais bien qu'à certains moments, tu as eu l'impression que tout allait bien et tu t'es sentie en paix. Mais tes vieilles rancœurs ont resurgi, étouffant ta personnalité. Tu n'es plus la jeune fille rayonnante que Paul a épousée. Comme la plupart des gens amers, tu es obsédée par un événement qui s'est produit il y a des années.

Chaque fois que tu entres dans une librairie chrétienne, tu éprouves les mêmes sentiments. Tu essaies de les refouler, mais ils resurgissent sans cesse. Ces magasins te présentent des raisons concrètes d'être perturbée. Partout où tu vas, tu trouves des reproductions de ton poème. Tu raffoles des librairies, car quelques-unes des années les plus heureuses de ton mariage ont été passées à travailler avec Paul dans une librairie de Toronto. Vas-tu continuer à laisser ces sentiments te gâcher la vie ?

Margie, cela fait sept ans que tu traînes ce boulet. Tu as multiplié les efforts pour expliquer aux gens et aux maisons d'édition que tu avais perdu ce poème, mais qu'il t'appartenait. Tu as reçu beaucoup de réponses à son sujet, mais personne ne veut cesser de s'en servir ou de le publier, parce que c'est une vraie mine d'or.

Un avocat t'a conseillé de ne pas encore poursuivre les contrevenants, parce qu'avec le temps les sommes à récupérer deviennent plus importantes.

Ma chère enfant, je sais que tu ne veux pas que ce flot d'amertume continue à jaillir et à te tourmenter. Tu comprends ce que je veux dire. Paul et toi, vous ne recherchez pas votre propre gain – ce n'est pas l'argent qui vous motive, je le sais.

Tu veux la paix du cœur, Margie ? Alors, pardonne et oublie. Laisse-moi m'occuper de tout. Laisse-moi porter ton fardeau.

Je le répète, aucune voix ne retentit, mais le Seigneur communiqua ce message à mon cœur troublé. Je sus ce que je devais faire : renoncer à ma douleur, à mon droit d'être en colère. Abandonner la partie. Complètement. C'était très dur, comme arracher une plante aux racines très profondes. Si je voulais jouir de la grâce et de la paix que le Seigneur promet à ceux qui obéissent à sa parole et se confient en lui, il fallait que je lâche les rênes de ma vie, que je pardonne et que j'oublie.

À l'époque, deux avocats canadiens et deux hommes de loi américains spécialisés dans les affaires de droits d'auteur voulaient se saisir de l'affaire. Il ne me serait pas facile d'y renoncer. Parviendrais-je à m'y résoudre ?

Chapitre dix-neuf

Arrête-toi là

« Remets tout au Seigneur
Adore-le de tout ton cœur
Et tu verras
Qu'il te soulagera
Remets tout au Seigneur. »

Je rends grâce au Seigneur pour ceux qu'il a placés autour de moi, car ils sont merveilleux.

« Maman, à ton avis, que devons-nous faire ? » demandai-je à ma mère au téléphone, le 25 novembre 1987. Elle savait où nous en étions. Nous pouvions soit donner le feu vert aux avocats pour qu'ils intentent un procès, soit tout arrêter là.

« Eh bien ! Quel conseil ton père t'aurait-il donné ? Qu'aurait-il pensé, Margie ? » Papa nous avait quittés dix ans plus tôt, mais nous pensions encore à son bon sens lorsque nous étions confrontés à des décisions difficiles.

Évidemment, je savais ce qu'il aurait répondu, et je le lui dis.

« C'est à toi de prendre ta décision, ma chérie, déclara-t-elle.

– Maintenant, paraît-il, nous devons prouver que le poème est de moi et produire un exemplaire du texte original. Tu sais bien que c'est impossible... »

Elle marqua une pause, puis reprit : « Attends une minute. » Je compris qu'elle réfléchissait. « Tes affaires de mariage... Que sont-ils devenus ?

– Qu'est ce que tu veux dire ?

– Je suis certaine que tu as recopié certains de tes poèmes dans ton album avant que Paul et toi ne soyez mariés.

– Mais oui, tu as raison ! Je l'ai fait, je m'en souviens ! »

Ce fut comme si j'avais retrouvé la dernière pièce du puzzle. Je posai le téléphone, courus à l'endroit où je rangeais mon album de mariage et vis mon poème ! « Maman, maman, tu as raison ! Je l'ai trouvé. Oui, je l'ai recopié dans notre album de mariage. Il est là... Il est là... » Je sautais et criais en même temps dans le téléphone.

Paul et moi l'avions totalement oublié. Cela faisait des années que nous n'avions pas feuilleté notre livre de mariage. Nous étions très occupés, notre ministère auprès des enfants nous obligeait à nous déplacer sans cesse et nous consacrions beaucoup de temps et d'attention à nos deux filles. Mais les paroles de ma mère m'avaient permis de trouver la solution.

Ce fut également ce jour-là que nous discutâmes de la décision que nous devions prendre avec notre cher ami Geoffrey Still. « Rentre chez toi, Margie, me dit-il, et écris-moi un poème de trois strophes ; je crois que tu ressentiras un grand soulagement et que tu seras libérée.

– Geoff, objectai-je gauchement, cela fait longtemps que je n'arrive plus à écrire... C'est comme... » Je m'arrêtai, incapable de trouver mes mots.

« Continue, m'encouragea-t-il. Comme quoi ?

– Eh bien ! Je dis toujours en plaisantant qu'on m'a 'volé mon inspiration'. Le fait est que je n'ai plus rien écrit depuis très longtemps. Et maintenant, nous venons de trouver un texte original dans notre album de mariage. Cela signifie-t-il que Dieu nous donne le feu vert pour poursuivre ? Je ne sais plus quoi penser...

– Elle a raison, renchérit Paul. Cela me préoccupe depuis longtemps. Margie semble avoir perdu cette joie d'écrire qu'elle éprouvait avant. Elle ne compose même plus de chants. Et le fait que nous ayons trouvé un exemplaire original dans notre album de mariage... Cela complique davantage la situation. Ces temps-ci, je me disais que nous devions nous résoudre à renoncer aux poursuites. Et à présent, cela... Moi non plus, je ne sais plus que penser.

– Je ne crois pas être capable de me remettre à écrire un jour, soupirai-je.

– Non, non, ce n'est pas vrai ! me rassura Oncle Geoff.

– Si je faisais ce que tu me suggères et que j'essayais d'exprimer mes sentiments par écrit, je ne saurais même pas par où commencer.

– Margie et Paul, il est temps de remettre les choses à leur place. Vous devez répondre à cette question : si vous décidez de poursuivre cette affaire en justice, cela ne risque-t-il pas d'avoir un effet négatif sur des innocents ? Et quelles répercussions cela aura-t-il sur votre ministère ? Nos choix affectent toujours les autres. C'est comme lorsqu'on jette un caillou dans une mare ; cela fait des vagues. Dieu a béni l'emploi de ce poème dans le monde entier. Allez-vous entraver son action ? Avant tout, vous devez vous demander : Quelle est la volonté de Dieu ? Qu'en dit la Bible ? »

Geoffrey ne faisait que répéter ce dont nous avions déjà discuté en famille. Mais le simple fait que ce soit lui qui ait prononcé ces mots nous aidait à y voir plus clair.

« Margie, demanda-t-il, ne voudrais-tu pas remettre toute cette histoire au Seigneur ? » Nous nous dévisageâmes et fûmes tous les trois du même avis. « C'est cela, dit-il. Rentre chez toi, laisse parler ton cœur, et intitule ton poème *Arrête-toi là.* »

Et c'est ce que je fis. En plein milieu de la nuit, je me réveillai avec un chant en tête ; j'avais les paroles et la musique. Je saisis ma petite lampe de poche posée sur ma table de chevet, mon stylo et mon carnet, et je copiai trois strophes. Je ne sortis même pas de mon lit. J'étais si fatiguée que je me rendormis aussitôt après.

Le lendemain matin, à mon réveil, je me souvins de l'incident. Je pris mon carnet avec moi et allai m'asseoir à la table de la cuisine. On aurait dit des hiéroglyphes. Il me fallut toute la matinée pour parvenir à les déchiffrer et retrouver l'air et les paroles. Geoff avait parfaitement raison. Écrire m'aidait à mettre de l'ordre dans mes sentiments. Je me souvins de la conversation que j'avais eue avec le Seigneur, je repensai aux paroles de ma mère. Je devinai comment mon père aurait réagi. Je réfléchis à ce que la Bible disait au sujet de ceux qui traînent leurs frères en justice. Quant aux sentiments de Paul, je les connaissais déjà. Je savais quelle décision je devais prendre – tout remettre à Dieu.

Arrête-toi là

Remets tout au Seigneur
Adore-le de tout ton cœur
Et tu verras
Qu'il te soulagera
Remets tout au Seigneur.

Dépose-le à ses pieds.
Tu sais qu'il est parfait.
Ton lourd fardeau
Pour ton repos
Dépose-le à ses pieds.

Seigneur, mon Roi,
Je dépends de toi,
Et quand je te suis
Mes soucis s'enfuient
Car tu es mon Roi.

Les paroles s'inspiraient de 1 Pierre 5.7 : « Déchargez-vous sur lui de tous vos soucis, car il prend soin de vous. »

Ma décision était prise. Je n'engagerais pas de poursuites.

Chapitre vingt

La paix de Dieu

Faites tous vos efforts
pour être en paix avec tout le monde.

Hébreux 12.14

Tout le monde – Paul, nos filles, ma mère, Geoffrey Still et les amis auxquels nous fîmes part de notre décision – fut soulagé d'apprendre que nous avions résolu de ne pas intenter de poursuites judiciaires. Ce fut Geoffrey qui nous suggéra d'écrire une lettre à ceux que nous avions contactés au sujet du poème. La lettre fut rédigée le 30 novembre 1987 :

À la suite de ma lettre du [...], j'aimerais faire une dernière requête. Je suis entrée en contact avec un homme de loi de San Francisco spécialisé dans les affaires de droits d'auteur. Il avait l'intention d'entreprendre une procédure légale visant à protéger ma paternité du poème Je fis un rêve *et de ses diverses versions diffusées actuellement sous le titre* Des pas dans le sable.

En tant que chrétienne, j'ai décidé de ne pas entreprendre de poursuites judiciaires. Toutefois, je réitère ma demande de voir toutes les éditions ultérieures du poème Des pas dans le sable *porter mon nom.*

J'ai écrit ce poème le 10 octobre 1964. Le manuscrit original a été perdu au cours d'un déménagement de Toronto à Vancouver. Je fis un rêve *a été republié dans* Heart to Heart, *recueil de poèmes paru sous mon nom en 1985 à Hamilton, dans les Bermudes (j'ai entamé les négociations en vue de sa publication en février 1980). Tout récemment un exemplaire original du poème a été découvert.*

En 1987, les cartes Hallmark demandèrent l'autorisation de publier *Des pas dans le sable* ainsi que le poème *Lettre d'un ami.* Depuis lors, plusieurs autres maisons d'édition ont diffusé mes œuvres.

Aujourd'hui, je peux entrer dans n'importe quelle librairie et me réjouir de la décision qui a été prise. Je n'éprouve plus d'amertume à l'idée que d'autres ont utilisé mon travail, bien que certaines adaptations qu'ils en ont faites pour servir leurs desseins me déplaisent. J'ai appris à pardonner et à oublier. Le Seigneur m'a montré qu'il fallait faire passer l'essentiel en premier. Et en renonçant à faire valoir mes droits aux paroles que le Seigneur a transmises à mon cœur, j'ai été libérée des frustrations qui empoisonnaient ma vie – et celle de ma famille. Je sens que j'ai retrouvé mon équilibre. C'est ce que la paix de Dieu fait pour chacun de nous.

Les épreuves que nous avons traversées récemment – la terrible chute de Paula au parc Golden Ears et la crise cardiaque de Paul – m'ont rappelé que nous devons consacrer notre force et notre volonté à vivre pour Dieu, et non les gaspiller à vouloir obtenir réparation des injustices qu'on nous a faites. Après avoir connu des moments difficiles, nous sommes en paix, ma famille et moi. Nous poursuivons avec persévérance notre travail parmi les enfants, ces citoyens de demain.

Je suis très émue lorsqu'on me rapporte les effets que le poème *Des pas dans le sable* a produits sur les autres. Après la Guerre du Golfe de 1990-91, par exemple, j'ai lu dans un journal le récit d'un jeune Marine qui a risqué sa vie dans un champ de mines irakien. Il a survécu par miracle. Le matin suivant, les démineurs inspectèrent le terrain et découvrirent sept mines et un dispositif de mise a feu à l'endroit même où il avait laissé ses empreintes. Ils lui dirent qu'il était soit le plus stupide, soit le plus chanceux des Marines vivants.

Ce soldat déclara à ses amis, et plus tard aux médias : « Je n'ai vu aucun dispositif de mise à feu ! » Après cela, les membres de l'escouade commentèrent l'incident et quelqu'un mentionna le poème *Des pas dans le sable* : « Ce n'étaient certainement pas mes empreintes qui ont traversé ce champ de mines, affirma le jeune héros, c'étaient celles de Dieu. Il m'a porté. »

Cette histoire, à elle seule, justifie notre décision.

Mon plus cher désir est que l'histoire de *Je fis un rêve*, plus connu sous le titre *Des pas dans le sable*, soit un instrument de bénédiction encore plus grand dans les temps qui viennent. Chaque lecteur constatera comment cet auteur très humain a dû combattre avec des sentiments négatifs, mais que Dieu m'a portée avec amour. Ce que Dieu a fait pour moi, ce qu'il a accompli pour le jeune Marine, il le fera pour tous ceux qui lui demanderont de marcher avec eux sur le chemin de la vie.